ニキ

夏木志朋

Natsuki Shiho

鍾雨璇　譯

目錄

二木老師

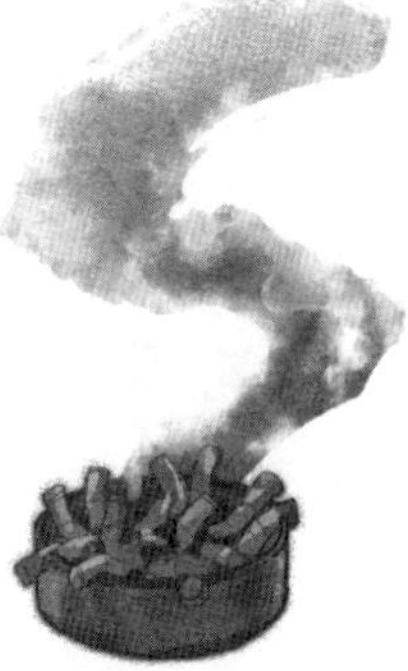

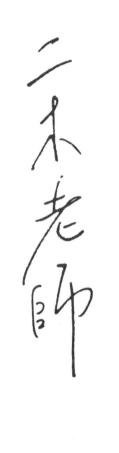

1

「你們覺得A圖和B圖之中，表現出『靜態』的是哪一張？」

負責美術科目的班導，二木良平向班上的所有人提出詢問。美術教室的前方，有兩張印著簡單圖畫的大張白紙，四個邊角被磁鐵固定，張貼在黑板上。兩張圖的內容都是縱長方框中的三個圓圈，不過「A」圖中的三個圓圈，是親密地並排躺在長方形的底部；相對地，「B」圖中的三個圓圈，則是左邊和中間的兩個圓圈位於底部，只有右邊的圓圈略爲往上飄。

答案是B，田井中廣一這麼想。

「認爲是A的人請舉手。」

聽到二木的話，周圍的人紛紛舉起手，讓廣一馬上意識到自己屬於少數派。也有一些人沒舉手，在一片高高舉起的手當中，就像空了一塊。不過隨著時間過去，那些人陸續舉起手。廣一分不出來這是他們努力思考的結果，抑或是仿效周圍。廣一暗忖趁現在舉手，才是明智之舉。活了十六年。廣一才慢慢理解這個道理。然而他依然沒舉手。空掉的地方就只剩自己，以及坐在後方的兩三人。廣一擱在制服褲上的手心開始冒汗。

「那麼認爲是B的人請舉手。」

剛才舉起的手整齊劃一地垂了下來。此時如果舉手，一定會顯得很突兀。說不定還會被點名，要求說出自己的意見。廣一遲遲難以決定，知道他剛才沒舉手的隔壁女生便一直盯著他，彷彿在質問他到底要選哪邊。明明就算舉手，對方也只會取笑他。要是換成別人，對方才不會露出這樣的目光。廣一避開她的視線，一邊在心中抱怨。

廣一剛才看了一下，除了自己以外，沒舉手投「A」的人，都是班上的不良學生。他們之所以沒舉手，並不是因爲他們投「B」，想來只是單純沒打算上課。自己只要像他們一樣，兩邊都不舉手，也許就不用事後後悔。如此一來，就不用違背內心舉手投「A」。這樣不也挺好的嗎？廣一心想。

然而，蠢蠢欲動的欲望，不管如何壓抑都不斷湧上。

班上同學幾乎都覺得答案是「A」。比起有動靜的「B」圖，圓圈乖乖排成一列的「A」圖更能表現出「靜態」，他們的感想就是單純得如此愚蠢。一旦自己舉手選「B」，他們想必會一如往常地投以白眼。不過如果二木要求廣一回答選「B」的理由，聽到廣一的回答，大家說不定會對他別出心裁的看法感到佩服。假使在這些人之中，有人其實想舉手投「B」，卻跟風選「A」，他們在反省自己只能跟著身邊人的同時，也許會對堅持己見的廣一另眼相待。

即便同學中沒人這麼想，美術老師二木想必也會認爲自己是充滿感性的小孩，而對他另眼相待。

此外，萬一自己不舉手，結果坐在後面的不良學生之中有人舉起手，跌破眾人眼鏡呢？如果舉手的人就這樣搶走機會，說出吸引大家目光的意見呢？那些傢伙雖然詞彙貧瘠，但偶爾也能用簡單的話語來敏銳發言。要是事態如此發展，簡直令人忍無可忍。自己才該沐浴在讚賞目光中——當廣一回過神，自己已經在焦躁渴望的心情驅使之下，舉起了手。只是舉起的手微微彎起手肘，和廣一內心激動的情緒相反，顯得有點畏縮。

二木筆直注視著廣一。從他的視線來看，舉手的人似乎只有自己一人。廣一沒勇氣回頭確認，面向前方的視線所及之處，淨是同班同學的冰冷目光。

「又來了，田井中又要賣弄了。」

某位男同學這麼說，班上此起彼落地響起嘲笑。

二木在空中抬手安撫，示意學生安靜。

「田井中，如果你有什麼理由，能說來聽聽嗎？」

「是，呃——」

廣一的嗓音因爲緊張而變尖。

「我……自己之所以覺得B比較靜態，是因爲B給我『正在下沉』的感覺。」

二木點頭，彷彿表示明白廣一在說什麼。

「對我而言，兩張圖看起來都像是石頭沉在河底。A是石頭靜靜沉在河底；相對地，B則是一顆新的石頭，正在沉入布滿石頭的河底。我覺得B比較沉靜。」

「你的說法很怪耶，如果A是躺在河底的石頭，應該是A比較沉靜吧。」

一位女同學出聲插嘴。

「是嗎，雖然不知道是誰丟的石頭，不過石頭就這樣沉進幽暗寧靜的河底的話，不正是一幅十足傳達出沉靜感的畫面嗎？而且如果沒看到B這張圖，我大概也不會把A聯想成沉在水底的石頭，所以說B的表達力比較強。」

「呃，田井中發作了，有夠噁。」

說話的女同學丟出這句話，挽住坐在旁邊的女同學，演出渾身發抖的樣子。被挨著發抖的女同學也露出戲謔的表情，假意顫抖。

二木揚起聲音。

「我先前是問大家的感受，而人的感受並沒有對錯。田井中的想法很有意思。抵達狀態前的過程比較有表達力，這樣的想法也有道理。」

二木環視教室一圈。

「我問大家這個問題，是因爲這堂課想探討設計。和單純的藝術不同，設計需要了解什麼樣的看法才是大多數人的看法。明白自己的主觀與一般看法的差異，才能夠針對目標群眾取得期望的效果。」

就像道路標誌，如果大家都有不同解讀，不就很傷腦筋嗎？二木說道。

什麼啊，原來問題的背後是這樣的用意。廣一有點洩氣。儘管被二木讚了一句「田井中的想法很有意思」，不過沒搞懂提問的用意，就大放厥詞發表論點的自己，顯得可笑無比。二木讓自己在大家面前說出意見，根本沒什麼意義吧，廣一甚至開始產生恨意。只見二木轉身背向大家，摸向把白紙貼在黑板上的磁鐵。

「請問——」

廣一一出聲，就感受到來自全班的煩躁。夠了吧，有人這麼嘀咕。二木伸手制止，轉頭看向廣一。

「老師的想法是什麼呢？」

二木眨了眨眼。他的瞳仁又黑又大，就像貓。大大的眼睛和單眼皮的組合，讓眼睛形狀顯得有點少見，說不定有點類似爬蟲類。貓蜥蜴星人，廣一在心中低語。

「你是問我選A還是選B嗎？」

「是的。」

「這張圖，我在課堂上用過不少次。第一次看到這張圖，我當時是怎麼想的呢……」

二木摸著下巴，望向黑板上的圖。

廣一確信，二木說出口的答案絕對是「A」。

這傢伙是絕對的「A」。要說明二木良平這個男人，這就足以方便地表達出一切。

廣一注視著二木的後腦勺，想像在他深棕色短髮之下，隱藏在頭蓋骨裡面，發生在更深處的所有活動。這傢伙出口的答案永遠是「A」，起碼口頭上是這樣。

二木張開嘴巴。

「我想起來了，我當初看到這張圖的時候，覺得B這張圖就像球在地板上彈跳。要問我覺得哪張圖比較『靜態』，我會選A。」

不出所料，廣一在內心暗笑。在地板上彈跳的球，簡直就是擁有開朗正確感性的人會有的發言。二木明明是美術老師，然而比起拿著畫筆站在畫布前，他的氣質更適合站在講台上教必修科目。他剛才的話，正完全符合他帶來的印象。只是他的回答，對廣一而言，卻有一種偶像歌手回答「喜歡的食物是草莓蛋糕」的刻意感。不過會用這種偏頗眼光打量二木的人，大概也只有自己，廣一想。

「啊，我之前看，也覺得像球。」

「我懂我懂，B就有一種蹦蹦跳跳的感覺。要說『靜態』，果然還是A。」

班上接二連三地附和二木的意見。

「這個問題，雖然結果幾乎都以A爲多數派，不過每次投票都會分成兩派。我們班倒是一面倒向A就是了。」

二木說完，帶著有些爲難的表情笑了。

美術課結束，廣一走在走廊上，準備回到教室。結果後面有人追上來，撞了他的肩膀。廣一手上的筆記本和筆袋掉到地上，幾枝原子筆從拉鍊半開的筆袋中飛出來，不規則地在地板上滾動。

廣一蹲下來，撿起散落一地的物品。比起被人推倒，在眾人圍觀下撿拾東西，更讓他覺得難受。頭上傳來其他男生的聲音。

「你一跟老師說話，話就特別多，而且講話速度超快。」

「我覺得是B！B比較像河底的石頭！」

其中一位男性大概是在模仿廣一的語調，捏尖嗓子嘲弄。

「我才沒用那種方式說話。」

廣一低頭悶聲反駁。

「啥，你竟然是在不爽那個喔？」

「田井中，拜託你就別再擺出一副自命不凡的德性了，有夠尷尬。」

男生們拋下這句話，就嘻嘻哈哈地離開了。幾雙腳接連走過默默撿拾文具的廣一身旁，女生穿著深藍色襪子的豐滿雙腳，或是髒兮兮的運動鞋。廣一不用抬頭，也能透過背上的肌膚，感受到眾多在他身上一瞥而過的目光。雖然想撿滾到角落的筆，但一伸出手，感覺就會被人伸腳踩到。廣一只好蹲著，裝成擺弄筆袋的樣子，等經過身旁的一雙雙腳步告一段落。

沒過多久，走廊一片安靜，剩廣一獨自盯著掉在地上的筆。

眞想回家，他想著。每當遇到這種事情，腦海都會浮現這個想法。眞想現在馬上回家，窩進房間，蜷縮在棉被裡悶頭大睡，什麼都不想。腦袋一旦冒出這樣的念頭，廣一就會愈來愈想睡。不過母親在家，如果中途翹課回家，一定會被她質問。還是裝作身體不舒服，去保健室睡覺好了。但不管要回家，還是去保健室休息，自己接下來的課都會缺席。剛才捉弄自己的傢伙，以及冷眼旁觀的同學，看到自己不在教室的話，又會作何感想呢？他們想必又會大肆取笑。一想到這裡就不爽。他可不想被人認爲，自己因爲剛才被捉弄而沮喪消沉。

他努力撐起因爲睡意而快要沉進地板的身體，步履蹣跚地走向教室。這樣死撐可能也沒什麼意義，畢竟班上說不定根本不會有人注意自己缺席。

廣一在班上確實不受歡迎，但也沒受到過分的霸凌。他有時會像剛才課堂上那樣遭到攻訐，但是基本上，大家就只是不把他放在眼裡。

廣一的腦海中，再次響起男同學的話語。

一副自命不凡的德性。

一想到這裡，他就下意識地吐出「去死啦」。廣一認爲在傷人話語刺進內心深處之前，脫口而出的咒罵，就類似於保護身體免於病毒侵害的噴嚏。

你就是想被大家另眼相待。

一無所知的傢伙，還在那邊大放厥詞，廣一在心中嘀咕。他最討厭這種言論。

廣一小學五年級時，父母離婚。他隨即從東京都內，搬到母親老家所在的S縣。轉進新的小學，幾個月後的某一天，「班長」和廣一交談。當時的事情，即使此刻已經讀到高中二年級，依然歷歷在目。

「說起來，田井中同學都聽怎麼樣的音樂？」

廣一一時之間，不知道爲什麼會被問到這個問題。他當時正掃完教室地板，將掃把收進掃具櫃，準備揹起書包離開教室，班長卻盯著他。她的視線投向廣一外套口袋。他總是偷偷隨身帶著的MP3隨身聽耳機，此刻正從口袋探出頭。廣一默不吭聲地收起垂落口袋的耳機。他原以爲帶違禁物品到學校，會被班長責問，不過班長臉上僅寫滿好奇心。

「你都在聽什麼?讓我看看嘛。」

班長一邊說著，一邊逼近廣一，並朝他的口袋伸出手。

「別這樣。」

廣一發出短促的低喊，按住口袋。只見班長睜大雙眼。

「說話了。」

班長的額頭因爲吃驚抬起的眉毛而堆起皺紋，她的反應讓廣一不悅。她想來也不是眞的認爲廣一不會說話。畢竟自己雖然極力避免說話，上課被點到名的時候，還是會回最低限度的話。

「你爲什麼老是不說話?」

廣一沉默地別開視線。

「你要是像那樣不說話，會一直交不到朋友喔。」

「我無所謂。」

聽到廣一回話，班長的臉亮了起來，大概是因爲對話首次成立了。從她會被選爲班長也可得知，她是很會照顧人的女生。廣一剛轉學的時候，她還積極努力，想讓轉學生融入班上的人際關係。不過看到不打算和任何人交談的廣一，在班上愈來愈突兀的樣子，她的對應也轉成偶爾搭話的程度。總之先出聲搭話，即使沒回應也不在意，接近在車站前發面紙的人。

班長注視著廣一的眼睛。在廣一看來，她顯然知道自己的目光，擁有定住眼前對象的力量，讓人無法逃離。事實上，廣一就在視線下畏縮，不情不願地回答。

「要是說話，就會被大家知道我是外星人。」

「什麼？」

「我也不知道。之前學校的人，一直這麼叫我。」

哦——班長出聲，掃視廣一全身。

廣一從以前就被說是奇怪的小孩。

他對於自己被這麼說，總是覺得不可思議。從他身為小孩的觀點，相似的小孩大有人在——就是那些比起和其他小孩玩，更喜歡獨自看書、玩手機遊戲的內向孩子。廣一喜歡書本、音樂和幻想。讀完一本書，想像故事的後續；聽著音樂，將浮現的情景擴寫成故事。他會把故事寫在筆記本上，故事中有刑警有殺手，內容大多是對小孩而言稍嫌硬派的情節。這些都是來自家裡書櫃中父親藏書的影響。父親喜歡這類娛樂小說。隨著父母離婚，對於自小學五年級以來便未曾見面的父親，比起父親自身的事情，廣一記得更清楚的，是父親的藏書。即使還是小孩的廣一讀了這些刺激的讀物，雙親也不曾責怪。廣一還記得，發現他寫在筆記本上的情節後續，母親他們甚至還感到開心。

明明原本是推理小說，到了廣一筆下，就像ＳＦ小說一樣。聽到母親這麼說，廣一詢問什麼是ＳＦ小說。母親回答他，ＳＦ是「有點不可思議（註）」的略稱。廣一年歲稍長，才知道母親當時的答覆，是來自某位知名漫畫家提倡的說法，ＳＦ小說本來應該是科幻小說（Science Fiction）的略稱。每當母親給出評語，她幾乎都補上這麼一句：

「廣一很特別喔。如果周圍的人有意見，那是大家的水準太低了。你只要保持自己本來的樣子，抬頭挺胸就好。」

廣一懂事的時候，母親的這番話已經變成她的口頭禪。隨著父母離異，他們從東京都內搬到母親老家所在的偏僻城鎮之後，母親在這番話的結尾，便開始會加上一句：鄉下眞是令人討厭吧。

沉默片刻。

註：原文為「すこしふしぎ（Sukoshi Fushigi）」，是漫畫家藤子・F・不二雄創造的新詞，意指以「存在於日常生活中的非日常」為主題的作品分類。

意有所指的含糊笑容。

這是周圍的人們在廣一說話時的反應，不論大人小孩都一樣。其他內向的小孩會得到安靜或陰沉之類的評語。即使並非褒義，但簡單易懂。相對於他們，廣一得到的則是「奇怪」這樣籠統的評價。

他至今依舊不知道，爲什麼會得到這樣的評語。他清楚自己生性內向，卻不明白爲什麼每當自己說話，大家就會露出奇妙的表情、陷入沉默或是發出笑聲。明明只是普通地回答問題。

廣一唯一明瞭的就是，無法理解大家爲什麼會如此反應，就是自己「奇怪」之處。

「我倒是覺得田井中同學是個有趣的人。」

班長出言勸慰，彷彿她剛才想像了廣一以往的遭遇。

「儘管我們沒說過話？」

廣一盡可能不在學校說話。他在搬來前，就已經如此下定決心。

「是沒錯。不過就算沒說過話，我也看得出來。畢竟你挺特殊的。」

廣一感到肚子湧起一團怒火，於是別過頭。正當他打算轉身離開時，班長伸出手上的掃帚，擋在廣一身前，阻止他前進。

「等一下，我說了什麼讓你不舒服的話嗎？」

「嗯，不過妳不用在意。大家差不多都是這樣。」

「咦？」

「從以前就是這樣。我明明只是普通反應，卻被大家說『怪人』或『外星人』。我不懂大家到底是針對我的哪一點這麼說。」

「我倒是不覺得你像外星人。你是在做什麼的時候，被大家這麼說？」

「夠了。」

廣一不勝其煩。大家老是這麼問，但廣一才最想知道答案。

班長放下掃帚。

「我不太懂，不過有必要那麼厭惡嗎？大家會這麼說，意思是說你很有個性吧。」

「我媽媽也說同樣的話。」

「眞是位好媽媽。」

「是嗎，我倒是覺得很不負責任。總之我什麼都不想說。不好意思，請妳讓開。」

「你打算一輩子不說話嗎？不可能吧。」

「才不是，我現在正在做成爲地球人的特訓。等我成爲地球人，不再被任何人覺得奇怪，到時我就會說話了。」

「特訓？」

班長歪頭。廣一隔著口袋，碰了碰裡面的MP3播放器。自己爲什麼會說出「特訓」的事情呢，廣一感到後悔。他覺得特訓內容被人知道會很難爲情。然而此時此刻，卻不可思議地想向班長和盤托出。既然光是抱著這個祕密，就會讓廣一覺得自己很可悲，不如乾脆一五一十向人說出來。此刻也許就是這種心境。

「……其實我每天都在聽流行歌。我會去出租店，租借排行榜前幾名的CD，放進播放器。我的零用錢不多，所以每個月只能租個兩片CD……不過只要能喜歡上大家喜歡的歌，我就能朝地球人更接近一步。」

說出口後，廣一一如預想，因爲羞恥而感到脆弱。

班長一臉呆愣，看似完全沒聽懂。

「我以前都照我媽媽所說，什麼話都說出口，完全不經思考。可是我這樣會被周圍的人說很奇怪，所以我改成想過之後才發言。即使如此，大家還是一直說我很怪。我才想，大概要打從根本變正常以後，才不會再被人這麼說。普通人講話大概不會想得那麼複雜。這一點感覺就像聽音樂一樣。我不太會解釋……這種地方，如果我能和大家感受到相同東西，我大概就能成爲地球人了。」

「我說，你爲什麼要勉強自己和大家一樣？你說不需要朋友，只是在逞強嗎？」

「我是說眞的，沒朋友我也無所謂。」

「騙人，沒朋友會很寂寞喔。」

聽到這句話，廣一更加感受到與其他人的隔閡。他從以前就無法理解大家說的寂寞，是怎麼樣的感受。畢竟他對獨自一人的世界十分滿意。

「就算沒朋友，我也不痛不癢。可是要在地球上生活，就得成爲地球人才行。」

「爲什麼就不能當個外星人呢？」

廣一垂下視線，望向地板。

「換成你們，也沒辦法在火星上呼吸吧。」

班長陷入靜默，似乎在沉思。

過了一會，她抬起頭這麼說。

「既然這樣，我願意出一份力，幫田井中成爲地球人。」

廣一忍不住盯著她的臉。

「其實下週是我生日，我家下週日要舉辦生日派對。田井中不介意的話，要來參加派對嗎？」

廣一原本稍微期待的心情，頓時變得一片灰暗。參加派對哪裡是成爲地球人的方法。

「聽了你剛才的話，我想你之所以會有點怪，就是因爲你老是一個人待著。如果和大家一起玩，說不定就能慢慢變得和大家一樣。」

原來也有這種看法，廣一尋思，但是方法本身讓人有些卻步。大受歡迎的班長舉辦生日派對，想必很多同學參加。以廣一至今的經驗來看，自己一定會做出什麼像外星人的言行舉動，留下討厭的回憶。

然而，儘管此時的廣一仍皺著眉，卻開始對她的提議抱著淡淡期待。

班長的意思是，不是因爲廣一奇怪，他才會孤單一人，而是因爲廣一獨自一人，才會變得奇怪。

老實說，兩者究竟何爲因果，對廣一來說，是一個難解之謎。不過設想這份「奇怪」是後天形成的，讓他感到一絲希望。

生日派對當天，同學們見到出現在班長家的廣一，紛紛露出吃驚的表情。瞬間尷尬起來的氣氛，讓廣一湧起轉身回家的念頭。只是當他想起班長在門口迎接自己的笑容，便克制住衝動。

儘管如此，廣一也不知道該做什麼打發時間。吃東西、分蛋糕，進行這類生日派對的固定流程時，廣一還沒什麼問題。只是要默默解決面前食物的話，廣一也做得到。令人困擾的是吃完東西之後，大家隨意玩耍的時間。女生們一邊吃點心，一邊看著手帳上的大頭貼聊天；男生們坐在電視前，用賽車遊戲對決，旁邊還有圍觀的人。從客廳大片落地窗望出去，能看到在庭院打羽毛球的同學，廣一唯一依靠的班長也在其中。她在吃東西的時候，曾數次把話題拋給廣一，但是身爲主角的她，想來不能只顧著廣一。

無法融入任何一群人的廣一，站在客廳，望著陳列在架上的CD。

架上擺著廣一喜歡的歌手CD。

不是廣一爲了所謂「特訓」聽的流行樂曲，而是眞正喜歡的歌手專輯。CD想來是班長父母的收藏，因爲廣一很難想像屬於「普通」小孩的班長，會喜歡這個歌手。喜歡這個歌手的曲子，最近讓廣一有點糾結。因爲至今爲止，只要一告訴大人，他們就會露出彷彿意有所指的曖昧笑容，對廣一說「眞是少年老成的喜好」；同年齡層的小孩，則會說廣一是爲了討大人歡心才這麼講。

「你喜歡音樂嗎？」

從廣一頭上傳來聲音。

班長的父親一手拿著罐裝啤酒，站在一旁。他曬得微黑的皮膚，配上結實的身材及光頭，讓他彷彿曾是運動或格鬥技選手。他說話還帶著類似關西地區的方言腔調，一切的特徵都給人一股威懾感。

廣一不自在地點了點頭。

「這邊的ＣＤ，全都是叔叔的收藏來著。其實叔叔從前彈過吉他，想不到吧？」

班長父親說著，在廣一的眼前張開又粗又短的手指。

「雖說都是些老音樂了，但要是有看著中意的，叔叔可以借你喔。」

廣一這次猶豫是否該點頭。他自覺喜歡這類音樂，是他該矯正的「奇怪」之處。

儘管如此，還是想開口借ＣＤ。以前家裡也有那張ＣＤ專輯，但父母離婚後就從架上消失了。不知道是廣一的父親帶走了，還是母親丟掉了父親留下的物品。

猶豫到最後，他還是再次微微點頭，指向眼前的一張ＣＤ專輯。

「你曉得這個歌手？」

「是的。」

「真虧你曉得啊。不過這張也是叔叔我的心頭好。像是這首歌，簡直好聽得沒話說。」

班長父親從架上抽出ＣＤ專輯，指出背面曲目上的專輯同名曲。

「你中意哪一首？」

廣一指出曲目上的第二首歌。看到他指出的曲子，班長父親笑了。

「你真是人小鬼大，這是成熟得很的情歌呢。」

聽到班長父親這麼說，讓廣一感覺臉到脖子一陣發熱。

「不是的。」

廣一脫口的話，與其說是反駁，更像是辯解：自己絕不是人小鬼大，之所以喜歡這首歌，是另有原因。

「在我耳中，覺得這首歌是在說別的。對寫這首歌的人來說，歌詞中的『達令』，說不定指的是音樂。呃，總之，我喜歡這首歌，但絕對不是人小鬼大。」

廣一道出這番話，同時胸中湧起「我現在也許說錯話了」的預感。這份預感在說完的瞬間成爲確信。因爲此時此刻，眼前的班長父親正用看著奇怪東西的眼神注視著自己。廣一感覺得到，班長父親的意識，正透過剛才那番話，對自己這個孩子下了某種結論。

「小弟弟，你還眞特別啊。講起話可眞是透股聰明勁，不太像小朋友。」

廣一低下頭。又搞砸了。明明就是爲了變得普通而參加的生日派對，結果卻沒跟別人一起玩。辜負班長邀請的好意，廣一的愧疚，讓至今爲止不知被說過幾次的話語，造成更勝以往的打擊。

班長父親搔搔下巴，環視客廳。

「CD你若中意就帶走吧，要還的時候，交給我女兒就行。你叫什麼名字？」

「……我叫田井中廣一。」

「這樣啊。我說廣一啊，難得來一趟，就甭一個人待著，和大家一起玩耍去吧。」

班長父親說完，把CD塞進廣一手中，走向在客廳嬉戲的小孩們。一群男生在玩電視遊戲，其中一個手上沒有搖桿，在一旁觀戰。班長父親突然用力揉弄他的頭髮。

別揉我頭髮啦，叔叔，男孩揚聲抗議。即使如此，班長父親也沒停手。頭髮被弄亂的男孩轉身，向他腹部出拳。

班長父親吃了一拳，也不爲所動。哦，要來一場嗎？他挑釁地回應，輕而易舉地把不停出拳的男孩扛到肩頭，並開始轉圈。爲了拯救在空中尖叫的朋友，其他男生也揮起小拳頭，攻向班長父親。他朗聲大笑。見他大笑，更多男生爲了打倒他，也加入戰局。

像個小孩子，指的大概就是這樣的舉動。

廣一坐在沙發上，盯著這幅光景。在場的所有人，都笑著注視眼前的大戰。廣一看向窗外，發現就連剛才熱中羽毛球的同學們，也都望著房間露出笑容。班長也在笑，但一和廣一對上視線，就馬上露出狼狽神情，似乎是注意到廣一獨自坐在沙發上。

回過神時，廣一把ＣＤ擱在沙發上，站起身。

他走近班長父親，猶豫片刻，隔著褲子拍了班長父親的屁股。

把男孩扛在肩上搖來搖去的班長父親視線往下，見到加入戰局的廣一後咧嘴一笑。廣一鬆了一口氣，覺得稍微挽回剛才「不像小孩子」的評語。

「完全不痛不癢！」

班長父親豪氣大喊，放下扛在肩上的男孩，又扛起另一個男孩，開始轉圈。從轉圈圈解脫的男孩又揮拳撲向班長父親，彷彿要報剛才的一箭之仇。廣一也不服輸地朝班長父親的肚子揮出拳頭。班長父親的身體包覆著脂肪和硬邦邦的肌肉，被揍個幾下，依舊若無其事。廣一用力踢向他的小腿，班長父親才首次發出吃痛的喊聲，聲音顯得有點刻意。廣一胸中湧起一股自信：自己也能像這樣，像個小孩一樣玩耍。廣一在同一個地方踢了好幾次之後，繞到後面，改踢向膝窩。班長父親頓時膝蓋一彎，倒了下去。

「不好——」

班長父親短促低喊，轉過身體，試圖保護肩膀上的男孩，把他放下來。因爲他彎下腰，那張滿是鬍子的臉，此刻來到廣一伸手可及的距離。

廣一迅速揚手，伸掌打了他的臉頰。

啪一聲響起，迴盪在客廳中。先前吵鬧不堪的房間，瞬間安靜了下來。

班長父親臉被打得朝向另一邊，側臉和先前截然不同，變得十分冷淡。周圍的同學們都僵住了。廣一察覺到自己再次犯下錯誤。

班長父親表情不變，陷入一陣沉默後，才終於吃驚似地發出笑聲。

「我說你啊，剛才那樣不成啊。」

他一邊說著，拍拍廣一的臉頰。

「不行打臉。你也不愛在大家面前被賞耳刮子吧？」

「對不起。」

也許是心情怯縮，聲音變成囁嚅耳語。班長父親露出笑容，說明白就行。廣一小聲地道了好幾次歉。班長父親說原諒廣一之後，房間內依舊一片安靜。當廣一看到窗外班長臉上的僵硬表情時，打從心底後悔來到這裡。

廣一按捺想要馬上回家的心情，等大家已經轉移注意力之後，馬上拿起自己的東西。就連聽母親吩咐，買來當禮物的信箋組，他都無法鼓起勇氣遞給班長。廣一認爲在自己打了她父親臉頰之後，班長一定不會想接過禮物。不過起碼在離開之前，廣一想向她父親說聲對不起。他事後愈想愈覺得，正如班長父親所說，在眾人注目下賞人巴掌是很過分的事情。而且班長的父親就某種意義上，是廣一遇到的第一個人類。因爲至今爲止，其他人都只是向廣一露出含糊曖昧的表情，沒人像剛才班長父親說不能打人的臉那樣，具體地告訴他什麼事情不對。客廳沒有班長父親的人影。廣一把視線轉向廚房，只見班長的母親正一邊收拾，一邊向旁邊講話。廣一留意其他人的目光，靜靜走向廚房。

「是啦。」

鋁罐被壓扁，丟進垃圾桶聲響起。廣一原本想出聲喊還未進入視野的班長父親，這下閉上了嘴。

「不過那傢伙挺怪的。」

「他還小嘛。只要周圍的人好好教他，他就會懂的。」

「可能是很多大人都沒法教訓別人家小孩，他才會至今都沒搞懂吧。」

「要不要找他來足球社團？團體運動說不定能讓他自然學會協調性。」

「是沒錯，不過啊——」

鋁罐扣環拉起的聲音響起。

「那種東西和運動神經差不多。」

中間隔了一段空白，不知道是不是因為他在喝鋁罐飲料。

「說到底，還是得看感性，或者說天生的感覺。怪咖永遠都會是怪咖。來我們家的年輕工匠中，也有這樣的傢伙吧。」

「人家還是小孩子，你這樣說有點嚴厲。而且啊，如果短短相處就能清楚別人個性，就別僱用那些很快辭職的人。」

「哎，總之呢，社團這條路還是算了。就算加入了，八成只會讓他覺得難受。就連我都有點沒信心了。畢竟剛才臉被打的時候，我瞬間想巴回去。」

直到班長母親轉過頭，班長父親也從碗櫥後探出頭，廣一才發現剛才的聲音，來自包包從自己肩上滑落地面的聲響。他握著肩帶，張口說話。

「那個、這個。」

廣一來回看著裝作沒事的班長父母，在包包中翻找。

「禮物、給島崎同學的。那個、我、該回家了，請交給她。」

廣一臨時擠出連自己也不明白的請求。他將細心包好的信箋組放在電話旁，走向玄關。

當他套上運動鞋，內心某處一鬆，眼淚頓時就掉了下來。

「等一下。」

班長父親的聲音從身後傳來。廣一用衣袖擦拭眼淚，回過身去。

「打了你的臉，眞的很對不起。」

班長父親隔著一段距離，站在走廊上，筆直注視著低頭的廣一。

「我想要和大家一樣，表現得像個小孩子，結果得意忘形了。對不起。我討厭被叔叔說不像小孩，結果就鬧起脾氣。」

「嗯，那倒是沒關係了，今後別再犯就成。我說，你是叫廣一，對吧?那個啊，叔叔雖然是大人，但也是人。被人賞耳光也會不開心，還會像剛才那樣說出奇怪的話。要是你想參加足球社團，就來吧。不過廣一啊，你確實是不像個小朋友。」

班長父親笑了，像是要讓廣一覺得好一點。

「你用不著在意剛才聽到的話，叔叔可能錯了。你說不準只是想表現得和其他小孩不一樣，好讓大家注意自己罷了。你犯不著這麼做，只要直接說出腦袋瓜裡的想法，順其自然就好。到時你準能和周圍的人處得來。」

班長父親走近廣一，溫柔地把手放在他的頭上。

「小孩子就要像個小孩子。」

頭頂上的手掌又大又有力，還帶著暖意。廣一感受著那份溫暖，心想自己並不在這個人所說的小孩子之中。

怪咖一直都會是怪咖。

不管怎麼做，都無法變成普通人。

廣一想必無法接受這項事實，懷抱著劣等感過活。他無法放棄成爲地球人。假使原因如同班長父親所說，就像運動神經一樣，是在於感性之類的部分，那麼成爲普通人的方法，果然只有一個。

廣一從那天開始，更加努力抹消原本的自己。

他完全放棄享受喜歡的音樂和書。如果自己的「奇怪」來自於感性，就得將一切歸零。在傾斜的地基上，不論堆上什麼，都只會讓歪斜更加嚴重。只要稍有好感的東西，廣一就會完全捨棄，只是一直聽流行歌曲。

持續這樣特訓之後，廣一逐漸搞不清楚自己到底喜歡什麼。這樣也好，他想。只要原本的自己就這樣消失，呼吸就能變得更順暢。

即使如此，上了國中，直到畢業的時候，廣一依舊感到空氣稀薄。

某一天，廣一在網路上讀到一篇文章。

那是以前自己喜歡歌手的粉絲寫下的文章。上面是歌曲的日文翻譯，以及部落格作者的感性文字。歌曲正是廣一在那個生日派對上，向班長父親講解自己的看法，結果被嗤之以鼻的那首歌。

「毫不理睬，被冷落在一旁的戀人，從房間角落看向自己。兩人關係已經惡化，甚至感到陌生。即便如此，也無法放手讓戀人投向別的男人懷抱。說到底，也只是對於無法讓戀人幸福的自己感到不滿而已。歌曲中的戀人，說不定是○○○○將自己的音樂才華擬人化之後的存在。」

文章被點了許多個讚。

廣一無法憶起讀到這篇文章時，心頭上閃過的幽微情緒是什麼。儘管記憶一片空白，廣一仍然記得過一會，胸中湧起了空虛感。

從不同的人口中說出來，同樣的意見就會受到這麼多人支持。自己至今爲止稱爲特訓的努力，到底算是什麼？

這份空虛逐漸轉變，變成想將在場所有東西都砸向牆壁的憤怒。在翻騰的情緒之中，浮現母親老對自己說的話。

——廣一很特別喔。如果周圍的人有意見，那是因爲大家的水準太低了。你只要保持自己本來的樣子，抬頭挺胸就好。

從那天之後，廣一就不再特訓了。

如今十六歲的廣一，一旦有想法，便不再沉默。

剛才的美術課就是很好的例子。閉口不語，起碼不會遭到大家撻伐，但廣一卻無法配合氣氛來扼殺自己。廣一擔心有人搶走自己的想法，便在焦急感的驅使下搶先發言。

廣一以前一直很討厭「奇怪」的自己。

不過現在覺得，奇怪只是相對的概念。

換句話說，就是「特別」。

曾幾何時，「特別」成爲唯一能肯定廣一的話語。

也許因爲廣一開始這樣想，周圍的人們對廣一的態度逐漸變得刻薄。廣一也覺得被大家討厭也不奇怪。從其他人的角度來看，除了單純覺得廣一很煩，也許還覺得被瞧不起而感到不快。實際上，廣一就是對同學抱著鄙視心態。然而，他同時覺得周圍的人們比自己優越。畢竟大家都有朋友，只有廣一獨自一人。這一點，就是其他人都和自己不同，適合在地球上居住的證據之一。自己之所以輕視其他人，是因爲不這麼做就無法保護自己的內心。起碼廣一對此還抱有自覺，光就這一點，他就想誇獎自己。

透過輕視他人藉此自我安慰的自我鄙夷，以及清楚這份心理的自我肯定，讓廣一對自我的認知，就像高麗菜或萵苣一般，層層疊疊地往內建構起他的心靈。

佇立在走廊上的廣一，腦中突然浮現那個男人的臉。

二木良平。

這陣子，廣一只要思考自己的事情，就會聯想到他。

如果自己算是有問題的人類，那傢伙的腦袋就是有病。儘管如此，他卻一臉無事，嘴上胡扯選「A」的理由，成功騙過大家。二木不是特別受學生歡迎的教師，但他的厲害之處，在於每個老師或多或少都有一些反對者，他卻沒有。廣一在學校遭到孤立，因此這樣的結論也只是僅限在他的觀察範圍。不過從未聽過有人說二木壞話，或是看不起他。此外，二木身邊的人，不論男女，與他的距離都很近——身體的距離。與其說是因爲大家喜歡二木，應該更接近小鳥會停在大口嚼草的草食動物頭上的感覺。二木的長相雖然像貓或蜥蜴，但整體氛圍有如大型草食動物。在廣一眼中，二木簡直就像奇幻作品中會出現的合成獸。每當目睹同學待在二木身邊的樣子，就會心生不想踏進二木身邊半徑一公尺以內的想法。假使大家知道二木的眞面目，想必就會像悠閒停歇的小鳥被槍聲驚嚇，一齊振翅紛飛。不只如此，二木也會在各種層面上完蛋。

只有自己知道二木表面下的樣子。

今天放學後，就去一趟吧——廣一想。距離上市日已經過了四天，他一直放在心上，卻因爲鼓不起勇氣而一拖再拖。

想馬上回家，逃進夢鄉的心情，已經不知不覺消失。心臟怦動不已，彷彿能靠這份激動的心情，撐過剩下的課程。再次在走廊上踏出腳步，思緒已經飄向今天放學後的計畫。

二木是這個世界上最令人作嘔的存在。

廣一一回到家，就換下制服，穿上T恤和牛仔褲。

「咦？你要上哪去？」

看到從二樓房間下來的兒子，母親出聲詢問。廣一在家不會穿牛仔褲。

母親身著居家服，她在醫院當護理師，今天值夜班，接下來要趁值班前補眠。

「我想去一下書店。」

「啊，那幫我買一下電視雜誌《Television》。」

母親趿拉著拖鞋走回客廳，從皮夾中取出一萬元鈔票。

「不是《Televio》，是《Television》喔，別搞錯了。」

廣一接過一萬元鈔票。

「節目導覽不是都差不多嗎？」

「我想讀酒井的專欄。」

「我能用剩下的錢嗎？」

「不行，自己的書就用每個月的零用錢買。」

「幫忙跑腿，結果連跑腿費也沒有嗎？」

「反正你只是順便啊。」

廣一放棄，開始穿鞋。

「晚餐你就去外婆家吃喔。」

「了解。」

廣一用鞋尖敲敲水泥地面，背後感受到母親的視線。一回頭，只見母親雙手盤胸，倚靠著樓梯下的柱子，正盯著廣一瞧。

「怎麼了？」

「你會很快回家嗎？」

「沒有。我會在書店裡看一會書，會比較晚回家。」

「……注意安全。天色太暗的話，不安全。」

「我是騎腳踏車，而且是男生，不會有事。」

「男生也可能遇到危險。就算你騎腳踏車，壞人也能輕鬆抓走。」

從後方用車子輕輕撞一下，讓人摔倒，再拖進車裡就好，母親解釋道。聽到自己被當作綁架對象，廣一嗤之以鼻。就算身高矮，看起來比較年幼，自己好歹也是高中二年級。都已經高二了，應該不算變態會喜歡的「男孩子」了。

「不會有事啦，不過我會小心的。」

廣一揮揮手，踏出家門。

他跨上腳踏車，緩緩踩動踏板。經過轉角前方的住家時，被空調室外機送出的熱風直噴到臉上。天氣已經夠熱了，在內心抱怨的廣一皺了皺臉，彎過轉角，來到左右都是寬闊田野的道路。他加快速度，迎面而來的涼風撫過全身，十分舒暢。他要前往的書店位在國道旁，騎上國道後，也必須再騎一陣子才能抵達。這裡距離一切都很遠。理所當然無法開車的廣一，就連機車也沒有，所以不論要去哪裡，都得花上不少時間。不過廣一喜歡一邊騎腳踏車，一邊想事情，因此不引以為苦。

他把腳踏車停在鄉下特有的大而無當的停車場。店家招牌上，大大地寫著一個「書」

字，旁邊則用較小的文字寫著「遊戲、模型」。這是一間兩層樓的大型書店。

廣一走進自動門，書店內冷氣開得很強，冷卻了肌膚表面的汗水，讓全身一涼。客人稀疏，廣一率先前往雜誌區，尋找母親託他買的電視雜誌。同一類別有好幾本名字相似的雜誌，廣一拿起母親所說名字的雜誌。封面上，擔任下檔連續劇主演的女演員，正拿著柳橙，露出笑容。這家雜誌的封面人物，爲什麼老是拿著柳橙呢？廣一想。他對老是由不同人拿著柳橙的封面有印象，所以應該就是這本雜誌沒錯。只是之前廣一曾經搞錯，買了別的雜誌回家，結果被母親碎碎念了一陣子。他對此記憶猶新，所以還是翻開目次頁確認。列在下方的連載專欄名，正是母親買這本雜誌的目的。母親就是要這本雜誌沒錯，她喜歡執筆這個專欄的演員。

廣一把電視雜誌夾在腋下，步向漫畫區，裝出若無其事瀏覽的樣子，穿梭在書櫃之間。他拿起標著POP廣告的當紅漫畫，走向書店深處，同時掃視四周，確認附近的客人中，有沒有自己認識的人。走到目的地的陳列區後，他一派自然地走了進去。

眼前陳列的書籍封面頓時畫風丕變。廣一所在的是成人雜誌區。儘管這裡不像影音出租店一樣會用門簾隔離，不過四周書櫃就像在團團包圍此處，避開其他客人目光。

除了廣一以外，這區只有一名中年男性客人。雖然背對廣一，但明顯不認識。他不知道是否察覺到廣一走進來，挑選色情書刊的背影散發出一股拒人於千里之外的氣息。廣一無視他，逕自走向目標所在的書櫃。陳列在架上的書籍封面，色彩整體都是粉紅色和膚色，和這一區其他架上的書籍毫無二致。不過只有這一櫃，封面上的女性全都不是眞人，而是插圖，也就是色情漫畫。其中有一本漫畫雜誌封面顏色不同：其他色情漫畫雜誌封面的女性，背景設計都是以粉紅色爲主，配上滑落濃稠液體的裸露肌膚；而這本雜誌封面畫的，則是在蔚藍天色浮著積雲的夏日晴空下，身穿白色襯衫，綁著馬尾的少女。少女手上拿著冰淇淋，睜不開眼似地仰望天空。插圖本身非常清爽，絲毫不下流。唯一勉強說得上色情的，是從少女脖頸流下的一滴汗水。不過應該沒人光看這一張圖，就會產生色情的聯想。

廣一拿起那本雜誌。他知道上面右斜方的牆壁上，架設著一台監視攝影機。從攝影機角度來看，廣一應該貌似只拿起一本雜誌，但其實他從架上拿起的是疊起來的兩本雜誌。廣一就這樣移動到另一個書櫃前，和中年男子背對背。這家書店的監視攝影機，不是讓人看不出在拍哪裡的半圓形攝影機，而是能讓人看出監視方向的方形攝影機。廣一已經確認過，自己站的位置是攝影機的死角。

迅速撩起T恤，把兩本雜誌的其中一本，塞進牛仔褲的褲頭。要是打直背部，異常平坦的腹部就會露出馬腳，不過廣一身上的T恤尺碼寬鬆，像平常一樣駝背走路的話，就不會從外表露出破綻。廣一把剩下一本雜誌放回架上，走出成人雜誌區。儘管他很懷疑眞的會有人認眞觀察監視畫面，不過在旁人眼中，廣一只是一時興起拿起色情漫畫，在成人區閒逛，最後又把書放回架上而已。

廣一裝出隨意瀏覽漫畫的樣子，走向店內廁所。

廁所前貼著一張紙，上面寫著「請勿攜帶店內商品入內」。廣一擺出配合的模樣，把夾在腋下的電視雜誌，擱在廁所前方的書架上，走進廁所。廁所中空無一人，廣一站在廁所盡頭的小窗前。大概是爲了換氣，上懸式的窗戶下方開著。窗外是隔壁看似倉庫的建築的牆壁。他從T恤下取出雜誌，從窗縫把雜誌丟到外面，最後順便在小便斗解決生理需求。他洗完手，走出廁所，拿回剛才放在架上的電視雜誌，前往收銀台。廣一半途赫然想到，自己也應該買一本書。他手上這本幫母親買的雜誌，足可當作煙霧彈。不過母親如果想要收據，看到收據上只有自己託買的東西，她會作何想法呢？兒子說要去書店，大老遠騎著腳踏車，結果什麼都沒買就回來，可能顯得有些不自然。雖然母親說自己想買的東西，就用自己的零用錢買，但是家人買東西，還特地分開結帳，應該也很奇怪。什麼都不買，就這樣回家的話，可以說是「在店裡看白書後就離開了」。收據上只有母親要買的雜誌，也可以用「想到要還剩下的零錢，所以就分別結帳了」來解釋。不過就算自己能夠自圓其說，他也想避免不自然的舉動。廣一認爲把自己偷東西的事實拋諸腦後，一如往常地買東西，才是順手牽羊的訣竅。話雖如此，廣一不曾偷過其他東西，也沒有順手牽羊的習慣。只是因爲未成年的自己，沒辦法在店面買成人雜誌，但也沒辦法用網購，把色情漫畫雜誌寄到家裡。廣一要想得到這本雜誌，就只有這個方法。

廣一略作思考，穿過漫畫區，走向小說區。從封面平放在架上的新書區中，拿起一本綠色的文庫本。正確來說，書皮並不是綠色，只是書名或書腰上的語句，整體給予廣一「綠色」的印象。當廣一見到文字或數字，總是這樣感覺：文字看起來有著自己的色彩，這和文字本身實際什麼顏色毫無關係。

他選了感受上接近綠色的書，是因爲現在心情偏向選綠色。他不清楚故事，也不在乎。只是比起漫畫，他更喜歡小說。漫畫一下子就會讀完，一本小說能讓他打發好幾天。

廣一走向收銀台，年紀約莫二十來歲的男性店員，情緒平淡地爲他結帳。結完帳之後，他就提著裝了兩本雜誌的黑色塑膠袋，通過門口的防盜閘門。閘門理所當然的一片靜默。廣一前往停車場，走向停在倉庫旁的腳踏車。他環顧四周之後，偷偷摸摸鑽進書店和倉庫間的間隙。他把剛才從窗戶丟下的雜誌塞進塑膠袋內，從暗處確認停車場沒有其他人靠近，便溜出間隙。

廣一把塑膠袋放進腳踏車前的車籃，踩動腳踏車。一騎上國道，外頭溫熱的風，迎面吹拂在因店內空調變冷的身體上，讓廣一產生錯覺，覺得彷彿剛衝破賽跑的終點線。他喘了口氣，感受著比平常急促的脈搏，加快踩腳踏車的速度，前往下一個目的地。

林間道路的旁邊豎著一根根鐵桿。廣一從沒搞懂鐵桿的用途，它既非標誌，也不是照亮夜路的路燈。鐵桿從林間道路更裡面一點的位置開始，等距設置在道路兩旁，彷彿標示出路徑和茂密樹林的界線。鄉下地方不可思議的事情眞多，廣一想。在鐵桿之中，一根位於面前的鐵桿，從腰部高度的位置彎折，彷彿在述說曾經發生在此地的意外。這根鐵桿正是廣一記下的標記。他分開草叢，走進樹林。他注意不讓蟲子從牛仔褲褲管入侵，一邊往前走，只見一輛黑色廂型車出現在眼前。樹林深處的草叢沒入口處那麼密，但相對地有不少高大的樹木。因此儘管時間還早，光線卻顯得有些昏暗。廣一站在車旁，伸手搭上半開的車門。車門吱嘎一聲打開。因爲沒被陽光直射，溫度沒有夏天車內的壓倒性熱度，但依舊相當燠熱。

廣一剛升上高中時，發現這輛廢棄廂型車。

他獨自騎著腳踏車到處閒晃，經過這條林間道路的時候，發現歪斜的鐵桿旁，有人丟了冰箱。他湊近一瞧，發現在更深入樹林的地方，還看得到其他廢棄物。被勾起興趣的廣一踏進樹林，發現被丟在樹林裡的電視。不論是冰箱還是電視，雖然遭人丟棄，但外表看起來卻還相當乾淨，似乎還能用。廣一猜想也許還有其他東西被丟在這裡。腳踏車搬不動冰箱和電視，而廣一實際上也用不到，不過要是有人丟了大小剛好的音響，他就能撿到便宜了。他帶著這樣的想法往深處走，結果發現了車子。車子覆蓋著塵土和落葉，但和前面的家電一樣，狀態還不錯。廣一回頭仔細看看來時路，雖然被生長的草木遮蔽，但隱約看得出屬於這輛車的輪胎痕。

廣一從映照著樹木倒影的車窗窺看車內。確認裡面沒有危險物品，他試著拉開車門。車門並未上鎖，廣一簡略觀察過車內，滿足好奇心之後，便空手離開樹林。除了那兩樣家電和車子以外，沒有其他東西棄置在此。後來幾次經過這裡，發現冰箱和電視不知何時消失了。他原本以爲車子應該也被移走了，結果到之前的地點一看，黑色廂型車依然停在原地。嗯，鄉下地方果然充滿不可思議的事情。

好一段時間，廂型車靜靜地停在廣一腦海的一角，直到他發展出現在的興趣，廂型車變成再合適也不過的隱藏地點。

儘管有其他適合當隱藏地點的地方，例如小有名氣的鬧鬼廢屋，或是沒什麼人的神社，不過這些地方大多成了不良少年的群聚場所。以消去法考慮，選中此處。現在除了光線昏暗，看雜誌會讓眼睛疲勞的問題以外，他還頗中意這裡。

廣一滑進駕駛座，把裝著雜誌的塑膠袋丟到副駕駛座上。他打開車子的置物箱，裡面裝著他至今爲止蒐集到的雜誌。關上置物箱，從塑膠袋取出雜誌，擱在方向盤上。他看向雜誌的封面。宛如從少女的日常裁切下的一幕，此刻看來，比起情色，更讓廣一感到夏日的懷舊情懷。不管怎麼看，都不像色情雜誌的封面。這家雜誌的封面總是給人這樣的印象，然而內容在某種意義上，卻比一般的色情書刊更過激。這一點簡直就像那傢伙——這個想法掠過腦海的時候，廣一對於兩者的一致性輕輕笑了起來。

廣一快速翻過書頁，在找到「GAJIZO」老師的熟悉畫風之後停下手。這期的作品被分配在雜誌挺前面的頁數。明明偶爾才出，但顯然相當受歡迎啊，廣一想。

這次的女主角是綁著雙馬尾的女孩子。她穿著學生泳衣，肌膚上貼著表示日曬痕跡的網點。一如往常地，女孩子的年齡描寫十分含糊，但從平坦的胸部和屁股，以及泳裝的種類來看，不管怎麼看都像是小學生。在市民游泳池玩水的女孩子，似乎喜歡帶她出來玩的親戚的「大哥哥」。她因爲被大哥哥調侃身材像小孩，而鼓起臉頰。小女孩的學生泳衣以各種挑逗角度呈現之後，泳池場景就告一段落。兩人回到家中，女孩在夏天期間，似乎就住在大哥哥家，而他的父母今晚都不在家。女孩聲稱曬傷的肌膚刺痛，紅著臉在大哥哥的面前脫下衣服。大哥哥心神不寧地爲女孩在身體上塗抹類似軟膏的東西，最後將手伸向女孩的胸部——

身體上僅有曬痕部分的網點被裁切留白，赤裸的女孩從背後被大哥哥激烈撞擊。廣一望著眼前畫面，心想故事發展可眞是一如往常驚人。不論是乍看有常識良知的大哥哥，竟然對親戚的小女孩跨越一線，以及年幼的小女孩竟然主動誘惑，這些情節儘管純屬虛構，缺乏眞實性，但在幾乎都是色情畫面的劇情中，僅憑寥寥幾格畫面和台詞，就營造出相當有說服力的前因後果，讓廣一對作者說故事的手腕感到莫名佩服。漫畫最後的場景是車站，女孩以澄澈的藍天和返家的電車爲背景，帶著笑容和大哥哥約定「下次放假再來找大哥哥」，故事就這樣結束。搞得好像一段美談佳話一樣，廣一在心中吐槽。

廣一不用確認下半身，也知道自己並未勃起。看到大哥哥的手指執拗地徘徊在女孩的肌膚上，廣一也不能說完全沒有奇怪的衝動。不過他一想到叫做「GAJIZO」的作者大概就是把想這樣觸碰女孩的願望化爲漫畫，廣一看著漫畫的目光就變了。與其說是看色情書刊，更像法布爾（註）在觀察昆蟲，奇怪的衝動煙消雲散。此外，他終究無法對明顯只有小學生年紀的女孩興奮。在廣一眼中，男人騎在小女孩身上的畫面，看起來更像暴力而非情事，讓他毫無性衝動。

這才是普通的感性，廣一想。自己一直被周圍的人稱爲怪咖，但還是很清楚作爲人類、作爲男人，自己絕對不能做的事情。自己順手牽羊，但比起腦子裡裝這些東西的傢伙，絕對好太多了。

看到小女孩會感到興奮的傢伙，腦袋都有毛病，該下地獄去。

註：尚—亨利・法布爾（Jean-Henri Fabre），法國著名昆蟲學家。著有《昆蟲記》，為現代昆蟲學與動物行為學的先驅。

而且刊載在這本雜誌上的漫畫，內容還算比較輕微。廣一在網路上查過「GAJIZO」的作品資訊。根據網站上所說，「GAJIZO」除了像這樣偶爾在商業漫畫雜誌刊載單篇完結的作品，同時也以一年一次的頻率出同人誌漫畫。以前出的同人誌漫畫，只能在同人活動會場或透過網路購買。想到要去會喜歡這種漫畫的人群聚的活動，廣一就敬謝不敏，更何況未成年的自己，也沒辦法買十八禁的書。更重要的理由是，廣一不想和作者本人碰面。雖然不知道同人誌販售會上，作者本人到底會不會出現。

網購這個選項也不可能，即使廣一能在年齡問題含混過關，但這樣的漫畫雜誌要是寄到家裡，被母親發現，自己一定很想死。普通色情書刊被發現的話，就已經讓廣一很想一頭撞死。這種罪該萬死的東西要是被人發現，他應該會希望地球爆炸。

廣一沒辦法買同人誌漫畫，不過一查之下，發現即使不特地買，也有人擅自把「GAJIZO」的作品上傳到網路。同人誌漫畫被人擅自上傳，似乎不是什麼稀奇事。意外輕鬆找到作品的廣一點下連結，結果作品的色情露骨程度，和刊登在商業漫畫雜誌上的作品完全不能比。同人誌漫畫和商業漫畫雜誌不同，大概完全是個人興趣的世界。如果是這樣，同人誌漫畫中的內容，想必就是「GAJIZO」眞正的慾望。老實說，廣一光看就不舒服。也許是爲了讓和年幼小女孩性交的幻想更具眞實感，故事的描寫寫實到近乎偏執。現實中的小女孩，不會帶著笑容順從接納大人的慾望，所以女孩會被合理地逼進不得不和男人性交的情境。故事以色情漫畫來說，相當符合邏輯，讓廣一感到寒毛直豎和反胃。不過儘管他一邊覺得受夠了，卻停不下點開下一頁的手。讀完之後，廣一刪掉了瀏覽紀錄。在搜尋欄位打出「G」，就會跳出「GAJIZO」，因此廣一一併刪掉了瀏覽器的搜尋紀錄。他在電腦前陷入恍神，同時思索。明明那傢伙這麼有毛病，爲什麼能表現得如此正常？

廣一現今也在思考這個問題。

他闔上攤在方向盤的雜誌，閉上眼睛。林間樹木摩娑的聲響傳入耳中，肌膚仍然覆著一層汗水。儘管車門半開，但車內依舊燠熱。時值夏日。正因爲是夏天，所以那傢伙才選擇穿著學生泳衣的女孩當作題材。

這種令人作嘔的傢伙，就在身邊。

廣一睜開眼睛，百無聊賴地翻動雜誌。上面刊載著許多作者的漫畫，每篇都是以少女爲題材。哦，這個女孩子不錯，廣一停下手。翻開的頁面上，女主角身材嬌小，長相年幼，胸部卻一反長相，顯得相當豐滿。蘿莉控之中，顯然也有不同喜好。如果是這個，看起來也可以說是大人——

廣一慢慢翻閱雜誌頁面，解開牛仔褲的褲頭。他一邊拉下內褲，腦中閃過模糊想法：這輛車滿是灰塵，要是用碰過車子的手碰自己，說不定會得病。

2

廣一走在從公車站到自家的路上，四周是S縣T市無聊到令人打呵欠的田園風景。即便如此，他的內心卻處在犯罪匯集的邁阿密。

廣一滿心沉浸在剛讀完的故事世界之中。

他從書包中再次取出下公車時收起來的文庫本，打開夾著書籤的地方，翻開最喜歡的情節。他單手拿著書，一邊走一邊讀。換在別處，走路不看路或許容易釀成交通事故，不過在罕有人車的鄉下道路上，只要和田畝邊緣保持距離，就不算特別危險。

暑假前在書店買的「綠色小說」，在暑假接近尾聲的八月底之前，都被丟在書桌一角。直到開學在即，必須提交的作業還沒寫完，廣一爲了逃避現實，終於翻開這本書。當時只是抱著打發時間的想法選了這本書，結果出乎意料有趣。離新學期開始，已經過了一週有餘，他才在公車上讀完結局，現在依然難以自拔。

一回到家，廣一就把書塞進房間的書架。位置是在書架中，他用來放特別中意的收藏的那一層。廣一欣賞著一軍新成員的書背。

暑假前的那一天，他爲了替偷竊行動打掩護，對內容一無所知就買了這本「綠色小說」。這是一本以美國邁阿密爲舞台的犯罪小說。因爲作者是日本人，廣一自然以爲小說是寫日本的故事，沒想到不是。

總而言之，小說很刺激，十分有趣。美國是擁槍國家，要寫高潮迭起的懸疑故事，簡直是天造地設的舞台。

只有一點，讓廣一感到可惜。

他喜歡的角色，最後沒能活下來。

該名角色即使在配角中，既不能算特別突出，也不是帥氣人物。事實上，他外貌平庸，老是搞砸事情，說是搞笑角色還算是好聽一點。他自始至終，在故事裡都被大家嘲弄。

廣一也許是在這名被所有登場人物輕視的角色身上，窺見自己的影子。他暗自期待角色說不定會以某種形式來個大翻身，結果卻隨便死在槍戰中。連作爲配角活躍的機會都沒有，到最後一刻都是個丑角。其他配角或多或少都有活躍，讓廣一覺得他特別可憐。

廣一嘆口氣，把身上的制服換成便服。一如他走出學校時瞬間下的決定，他接下來要出門。比起待在家裡，還是外頭比較適合回味故事情節，沉浸在想像中。至少在廣一的想像世界，他讓喜歡的配角大爲活躍了一番。待會要去的是老地方，即使一半心思都沉浸在想像力中，想來也能毫無問題地抵達目的地。

外頭炎熱，廣一踩著腳踏車，抬頭望向天空。雲朵彷彿位置變得高了一些，光看天空，就讓人感覺到季節逐漸進入秋季。

一到書店，廣一就一如往常地晃向漫畫區。

他先做做樣子，走向熟悉的成人雜誌區。繼上上個月後，那家雜誌的最新一期又刊載了「GAJIZO」的新作。以至今爲止的速度來看，只隔一期就刊載他的作品，算是相當高的頻率。上上個月的刊登順序也排在前面，他的作品在讀者間的人氣正來到高點。不過也許因爲連載太密集，作品頁數沒辦法畫得像上次多，這期只有六頁，分量有點少。這些都是雜誌網頁上的資訊，根據官方情報，這次雖然頁數不多，但是全彩漫畫。那傢伙到底會用什麼表情爲女孩子的乳頭上色，廣一一想到這點，就忍不住要笑出來。

廣一從成人雜誌區的入口，若無其事地確認裡面的狀況。別說認識的人，就連其他客人也沒有。確認完畢的廣一踏進成人雜誌區，猥瑣雜亂的色彩頓時映入眼中。他對其他色情雜誌視而不見，在目標雜誌所在的書架前站定腳步。雜誌的刊號是比實際日期還早的十月號，但封面上畫的則是穿著浴衣的少女。大概是爲了配合現實中還感受得到的夏季尾聲的季節感。廣一把兩本雜誌疊在一起拿起來，移動到監視攝影機的死角，把其中一本藏到衣服裡面。他已經在腦中排定好這一連串動作，並將留在手上的雜誌放回原本位置，離開成人雜誌區。

廣一在前往廁所的路上，和往書架補充商品的男性店員對上視線。把商品藏在衣服下的廣一不禁心頭一驚，不過他暗自說別慌，緩緩移開視線。店員也馬上把視線轉回書架，繼續補充商品。和店員對上視線，讓廣一不知爲何，不太敢就這樣直接去廁所，於是轉而選擇用自然的樣子稍微逛逛店內。

要買哪本書當煙霧彈呢，來讀讀看那本綠色小說作者的其他作品好了。這麼決定後，在前往文學區的路上，被女性時尚雜誌的封面吸引了目光。他對時尚雜誌一向不感興趣，卻不可思議地對封面產生既視感。他馬上明白了原因：問題出在「10月號」的文字。十這個數字是一和零的組合，以廣一的感覺來說，一是紅色，零是黃色。這兩個宛如番茄醬和黃芥末醬配色的數字，作爲刊號，印在他剛才塞進衣服內的雜誌封面上。眼前的時尚雜誌封面上，寫著「今年秋天，你眞正想要的外套」，慵懶地嘴唇半開的模特兒，在高領毛衣上穿著西裝外套。眞是神祕；刊載「GAJIZO」作品的雜誌的本月號，封面的少女還穿著浴衣，時尚雜誌卻已經推出秋裝特輯。廣一想著走向文學區，尋找作者其他作品。在上上個月買的作品出版社書架上，沒有該作者的其他書。試著找了其他出版社的書架，也找不到半本。這個問題只要問店員就能馬上解決，但肚子前還藏著一本書地詢問店員，自己終究沒有這種膽量。算了，眞的想要的話，就在網路上買好了。廣一放棄，在水平堆疊的文庫本中隨便選了一本書，然後用一臉內急的表情走向廁所。他把文庫本暫放在廁所前方的書架上。正當他打算走進廁所時，背後傳來男性的聲音。

「等一下。」

廣一的心臟陡然一跳。

「這位客人，你這樣做，我們很困擾啊。」

怦怦地跳動的心臟，送出的血液卻異樣冰冷。冰冷的血液以胸口爲中心，彷彿舒展枝葉似地送向全身。廣一回頭，盡可能做出沒進入狀況的表情。一轉身，就看到背後站著一位戴眼鏡的男性店員，正是剛才在補充架上商品的店員。大約二十幾歲，正面一看，長相顯得有點神經質。他黑框眼鏡下微凸的眼睛瞪得老大，歪著厚厚的嘴唇。

「嗯？」

從自己喉嚨發出的聲音，不知爲何，隱約帶著含笑的聲調。

「不不不，別跟我來『嗯？』這一招。你應該很清楚，爲什麼會被叫住吧。」

廣一維持表情不變，眨了眨眼睛。在他的腦中，「應該還能想辦法從眼前狀況脫困」的想法，以及「啊，完蛋了」的絕望正在拔河。

他右膝莫名地動了一下，就像是樓梯已經走到底，卻搞錯還準備往下走一階一樣。明明大腦沒發送任何指令，右腳卻打算拔腿就跑，連廣一自己都嚇了一跳。

「總之，先把你藏著的東西拿出來。」

店員用下巴示意廣一的腹部。完全被抓包了。店員身後稍遠的地方，幾名客人正興味盎然地偷看廣一和店員的一來一往。看什麼看啊，可惡。廣一在心中咒罵。他明知此刻應該把注意力集中在眼前的店員，而不是這些客人。現在必須馬上決定的，是眼下應該如何處理危機，但腦袋逐漸被來自客人視線的煩躁占據。

廣一感受到沉默呆站的時間，已經長到讓他無法再裝傻了。沒辦法了，廣一絕望的心情變強，心中的天秤完全傾向放棄的選項。這次換他左膝一動。看來他的身體和心情相反，還不肯死心。

「眞的很傷腦筋耶，就算你這樣默不作聲也沒有用。我要叫警察來喔，警察——」

店員的聲音開始帶著怒氣，微凸的眼睛炯炯發亮，廣一覺得對方的亢奮並不完全來自憤怒。他忍不住把視線投向店員的兩腿之間。突然無言地盯著對方下體，這樣奇特的行徑似乎讓店員更加火大。店員睜大雙眼，用力的程度讓人擔心起他的眼角裂開。他抓起廣一的上臂，拉著他，似乎要帶他到別處。

廣一帶著缺乏眞實感的茫然，乖乖隨店員拉扯的方向前進。

白燦燦的燈光，打在仰望煙火的浴衣少女身上。用有光澤紙張印刷的封面，映出辦公室日光燈的形狀。

「就是有你們這樣的傢伙，會在廁所辦完事之後，再若無其事地把書放回原位。」

挽起襯衫袖子，有點年紀的男性，用手指敲敲桌子。他和剛才的店員不同，穿的不是輕便服裝配運動鞋，而是西裝褲配上皮鞋，大概是店長之類的上層階級。

「不過你也可能想順手牽羊，只是既然在出店門前就叫住你，我們也無從得知了。不管是哪一種，都很卑劣。」

穿著襯衫的男性把視線投向廣一面前的白紙和原子筆。

「總之，剛才說過不少次，先把名字和家裡電話及住址，還有學校名字寫下來。」

被帶到辦公室的時候，廣一就被要求出示身分證件，他回答身上什麼都沒帶。

廣一垂下頭。

「眞的很對不起。」

「你當然得道歉，不過先把名字、地址、電話號碼、學校名字寫下來。」

「請問家長和學校，你們兩邊都會通知嗎？」

「唔，總之會先通知家長。」

廣一注視桌上的雜誌封面。用動畫風筆觸畫出的少女，活潑輕快的色調讓此時的自己更感到恥辱。母親會受到多大打擊呢。眼前穿襯衫的男性，似乎覺得追究廣一的罪名到底是偷竊未遂，還是打算用未結帳商品進行自慰，是一件沒有意義的事情。不管是哪一項，母親都會受到傷害。更不用說書還是以小女孩爲主題。

「請……不要通知家長。」

「我明白你的心情啦。」

穿襯衫的男性把視線投向印著少女的雜誌。廣一放棄掙扎，在辦公室從腹部取出雜誌時，剛才逮住廣一的店員，一目睹封面，臉上就浮現打從心底鄙夷的冷笑。眼前穿襯衫的男性則是對雜誌封面，投以彷彿不含任何感情的淡然眼神。

「你要是不希望通知家長，我們就只能通知學校，請班導過來一趟喔。我們也不可能就這樣放你一個人回去。」

班導，聽到這個字眼的瞬間，廣一的胃一陣翻攪。

叫班導過來，根本就是不可能的選項。畢竟說到班導，指的不就是那傢伙嗎。廣一看向桌上，他原本要偷的雜誌就放在面前，擺放位置明顯帶著譴責廣一罪行的意圖。直到書店的人說出廣一可以走了爲止，這本雜誌應該都會放在桌上。

在這種情況，要是那傢伙來了，知道廣一想偷的就是刊登自己作品的雜誌——不行，無論如何都要避免，廣一光想就要吐了。

只能叫母親來了嗎。

這種時候，要是父親在就好了。廣一毫無意義地，用指甲摳抓輕輕握起的拳頭內側。他很清楚這是沒意義的。打從十歲以來，他就沒再見過父親。廣一早已記不清他是怎麼樣的人，自然也無從想像父親會有什麼反應。大概會被揍吧，廣一猜。在記憶中，父親眞要說起來，應該是比較軟弱的人。不過要是兒子做出這種事，即使是他，說不定會揮拳。廣一覺得只是被揍，比起讓母親知道，好上不知道多少倍。男性家長的話，說不定對於小孩對色情書刊感興趣，會表示出一定程度的理解。就算放聲大罵、揮拳揍人，也會幫忙向女性家長保守祕密。

廣一腦中浮現的一連串發展，雖然有點肥皀劇，不過還是讓他不禁想著：要是父親在就好了。變成母子相依爲命的單親家庭以來，廣一第一次有這樣的想法。

「你也該死心，快點寫一寫。到底要拖多久？」

穿襯衫的男性誇張地嘆氣。在他的催促下，廣一腦中浮現外婆這個選項，但又馬上否決。住在附近的高齡外婆，要是知道廣一的行徑，搞不好會心臟病發。而且外婆的個性藏不住事情，要是請外婆來，母親最終還是會知道。弄個不好，事情還會被外婆加油添醋，傳得更難聽。儘管沒有惡意，但外婆有說話誇張的傾向。

「我看你沒在反省，現在滿腦子都在盤算該怎麼辦吧。」

聽到穿襯衫的男性這麼說，廣一赫然抬頭。

「如果你是這種態度，我們自有打算。希望你不是從哪邊聽來，想耍小聰明，以爲商品沒帶出店門，我們就無法報警。我告訴你，就憑你做的事，已經夠我們叫警察來了。」

事到如今，廣一才因爲這番話，感受到這有多嚴重。

廣一行徑的嚴重程度正如男性所說，或者說甚至超乎男性所知的程度。實際上，就算報警也不奇怪。畢竟儘管沒被拆穿，廣一其實早已是偷竊慣犯。

他望向眼前的白紙。最好在讓書店的人更不爽之前，趕快寫下聯絡人資訊。而自己該聯絡的不是母親，而是二木。他察覺到，要讓事情安全落幕，最好的方法就是叫二木來。GAJIZO絕對不想把這件事搞大。

儘管他明白這個道理，還是不喜歡這個念頭。

一想到當二木看到桌上的雜誌時，會對自己抱持怎麼樣的心情，廣一就感到恐懼。想來一定是敵意或憤怒之類的負面情緒。即使面對像自己這種在學校遭到孤立的學生，二木原本也會毫無差別地，表現出和對待其他學生一樣的溫和態度。一旦他把自己視爲敵人，究竟會露出什麼表情呢。

即使如此——廣一握緊拳頭。

他還是不想讓母親知道這件事。

如果是二木，他想必不會因此鄙夷自己。畢竟他沒有鄙夷別人的資格。

廣一拿起筆，照男性的指示，在紙上寫下個人資訊。

「請通知我的級任導師。」

男性接過廣一遞出的紙，和紙拉開距離後，迅速掃視一遍。他想來是有老花眼。

「一般被問到要通知父母還是學校，應該都選父母吧。你就不怕被學校知道，會影響升學嗎？」

廣一沉默低頭。

穿襯衫的男性盯著廣一一會，說了聲「給我好好反省」。

廣一點頭，小聲應是。他盯著雜誌，在明亮封面投下反光的日光燈，滋滋地閃爍一下。

等待二木到來的期間，廣一狂冒汗。

從剛才開始，交握在大腿上的手就不停顫抖。

隔著房門，走廊傳來兩人份的腳步聲。彎腰坐在椅子上的廣一，頓時緊張得繃緊身體。房門打開，抓到廣一的戴眼鏡年輕店員出現。他握著門把，出聲邀請身後的人入內。那個男人就跟在他的身後，走進房間。

二木一臉凝重。他大概是在學校工作的時候趕來，身上穿著一身十分予人教師印象的白色運動服。二木一見到坐在摺疊椅上的廣一，就停下腳步露出驚訝的表情。他垂下眉毛，彷彿深受打擊，像是爲廣一的行爲感到悲痛，而不是在譴責廣一的行爲。一見到二木的表情，廣一就湧起想破窗而出的衝動，而這份衝動的原因可不是來自愧疚。

二木轉身面向穿襯衫的男性，帶著沉痛的表情，深深低頭。

「這次眞的是……我的學生犯下大錯，實在是非常抱歉。」

「哎，老師啊，請把頭抬起來。」

「都是我指導無方。」

「沒什麼，畢竟是將來有望的年輕人，只要老師好好管教，他也好好反省，不要再犯，我們就不追究了。」

二木緩緩抬頭，出聲道歉後再次低下頭。穿襯衫的男性揮著手說好了好了，示意二木抬頭。

「田井中，你這傢伙，知道自己做了什麼事嗎？」

二木直直盯著廣一，聲音比平常還低沉。這還是廣一第一次被二木喊「你這傢伙」。

「你做的是很嚴重的事，竟然把人家店裡的商品……這可是犯罪。店家完全可以叫警察來，承蒙他們好意，才沒讓事情發展到這個地步。你要好好意識到這一點。」

站起來——二木要求。廣一站起身，向穿襯衫的男性低下頭。

「眞的是非常抱歉，我不會再犯了。」

廣一垂下頭，維持了五秒左右，終於抬起頭，盡可能擺出悔過的表情站著，結果二木突然大步走過來。見二木逼近，廣一不禁一縮。二木迅速伸出手，讓廣一喉嚨發出類似打嗝的一聲驚呼，接著他抓住廣一的頭，把少年帶得轉了一圈。不符合二木平日個性的粗魯動作，讓廣一吃了一驚。儘管吃驚，他的腦海一角還是察覺到，這是二木爲了收場，才刻意粗魯對待自己。二木讓廣一身體朝向的方向，站著戴眼鏡的年輕店員。看來他的意思是要自己也對這名店員道歉。廣一也對他低下頭。

「那麼，要不要通知家長，就交給老師判斷了。」

「我知道了。給你們造成困擾，眞的很不好意思。我會好好管教他的。」

二木對穿襯衫的男性這麼說後，再次低下頭。廣一一邊在內心哇哇叫，一邊用力握緊牛仔褲的布料。喂，二木，你站的地方不妙，雜誌會進入你的視線範圍，廣一在心中低喊。二木抬起頭，似乎第一次發現桌上的雜誌。

廣一清楚地將二木那一刻的神情，收入眼中。

二木臉上沒有任何表情。沒有表情不是指他臉色毫無變化，而是諸如對店家的歉意，或是對廣一的怒氣之類，這些原本掛在臉上的情緒，一口氣變成了「虛無」。廣一還是首次見到有人在突然發現意想不到的東西時，既不是吃驚，也不是慌亂，而是變得面無表情。

穿襯衫的男性向二木出聲說話。

「哎，看他的模樣，應該本來也算認眞的孩子。我相信他會好好反省，不會再犯。」

二木的視線轉回男性身上，歉疚再次回到臉上。

「是的，他其實平常是個認眞的學生，就我而言，也想相信他。」

廣一的背後竄過一陣冷顫。

「請務必如此。是說，當老師也眞是各種操心呢。你還這麼年輕，眞是辛苦啊。」

穿襯衫的男性說完，轉頭看向廣一。

「你叫廣一吧？待會要好好向老師道謝喔。這麼爲學生著想的老師，最近不多了。」

二木惶恐地皺起眉，浮現符合情境的客氣笑容。廣一依舊抓著牛仔褲，應聲答是。

突地，二木開口說道。

「我想爲商品付錢。」

「啊，嗯——總覺得跟老師你收錢，也不太對。」

「那請當作由我代付，之後我會再讓他自己出這筆錢的。」

這番話讓穿襯衫的男性終於點頭。他拿起桌上的雜誌，告訴二木一個大概是加上消費稅的金額。二木從皮夾中取出千元鈔票。

「啊，零錢我叫櫃檯那邊找給你。喂，你過來。」

穿襯衫的男性把戴眼鏡的店員叫過來。店員從二木手上接過千元鈔票，走出辦公室。門一閉上，房間內就陷入尷尬的沉默。穿襯衫的男性百無聊賴地搧了搧手上的雜誌，無言地遞給二木。二木委婉地把兩手舉在胸前。

「我不能收……」

「也是喔。」

兩個大人相視露出苦笑。二木發問。

「請問那是漫畫嗎？」

「有點難以啓齒，這本是成人雜誌。」

二木露出彷彿現在才恍然大悟的表情。正確來說，應該是刻意掛上這樣的表情。二木讓呼吸停了一拍，才像是從喉嚨擠出聲音似地，發出好像終於弄懂一切的「哦」。他隨後換上一副苦澀神情，再次垂下頭。光憑動作，就表現出所有想表達的事情，眞是出色的演技。要是把台詞寫出來，應該會像這樣：「我只知道他把商品塞進衣服，帶進廁所，還以爲他是打算偷東西。原來如此，他是把成人雜誌帶進廁所。唉，原來是這麼一回事。眞是叫人難爲情。讓你們見笑了，不好意思。」大概就是這樣的感覺。二木的舉止非常完美，但在廣一眼中，顯得十分刻意。目睹他剛才看到雜誌的表情，讓廣一對二木祕密的確信，此刻變得更加堅定。問什麼「請問那是漫畫嗎」，你自己明明最清楚。穿襯衫的男性用不知重複第幾次的動作，讓二木抬起頭。廣一縮起身子，一邊低著頭，一邊偷看二木的表情。即使是在日光燈的蒼白燈光之下，二木大大的黑眼睛不知爲何，依舊沒反射出任何光線，簡直就像空蕩蕩的洞穴。對於知道二木眞面目的自己來說，看起來宛如呈現出他的內心。不管怎麼看，二木都像貓。瞳孔圓睜，所以是夜晚的貓。不過從某些角度，也有看起來像蜥蜴的時刻。貓蜥蜴星人，廣一再次在心中嘀咕。

門把轉動的聲音響起，戴眼鏡的店員回到房間，將正方形的白色信封交給二木。裡面應該裝著零錢。二木道謝，將信封對摺，收進皮夾。

廣一並沒天眞到以爲這樣就能走人。

不過當開車到書店來的二木，對廣一說「我送你回家」的時候，廣一打從心底想著「饒了我吧」。儘管如此，他不可能違背要求，所以此刻的廣一，正懷著胃痛的心情，坐在車子的副駕駛座。

自從廣一坐上車，二木沒說過一句話。

廣一難以捉摸此刻沉默的含意。

二木不說話，廣一猜想他可能是以教師的身分，刻意用令人坐立難安的氣氛，讓引起麻煩的學生不好受；但廣一同時覺得，二木可能在思考，該怎麼處置也許知曉自己祕密的對象。

車子筆直開向家裡。騎腳踏車時，令人感到漫長的距離，開車卻用不了多久。

胃好沉重，心臟跳得很快，現在的感受讓廣一似曾相識。他很喜歡母親放在冰箱的能量飲料，就像喝果汁一樣連灌了好幾瓶。當晚，他就嘗到苦果。當時的罪魁禍首，正是此刻讓他受苦的原因。現在廣一的五臟六腑都疲憊不堪。這也難怪，雖說是自作自受，不過短時間承受太多壓力，連現在身旁的二木，還在不停造成壓力。

快到廣一家方向的轉角時，車子卻在前一個路口左轉了。

起初以為二木走錯。二木照著通訊錄上的地址開往廣一家，但因為第一次實際走這條路，所以搞錯了。廣一往前傾身，打算指出車子走錯。然而注意到二木的樣子，他又閉上嘴。因為二木即使發現廣一的動作，依舊毫不遲疑地開車。

車子載著安靜無聲的兩人，在昏暗的道路上奔馳一陣子，駛進亮著熟悉招牌的店家附設停車場。他們來到便利商店。

二木把車子停在停車場，終於張口。

「我要買杯咖啡，你要什麼？」

他的口氣和剛才在書店辦公室的嚴厲語氣不同，完全是二木平常的說話方式。無法冷靜的廣一搖了搖頭。二木說了聲「這樣啊」，就下車走向店門。廣一望著二木走進自動門的背影，暗忖暫時還回不了家。

儘管廣一搖頭表示不用，二木還是買了寶特瓶裝的綠茶。接過綠茶，他頓時覺得自己很可悲。待會把一千元還給二木吧。雜誌加這瓶飲料的費用，還完應該會剩一點錢。停在停車場的車內，飄散著二木手中咖啡的香氣。明明還是短袖季節，二木卻選擇熱飲。

「你到底爲什麼要做那種事情？」

二木緩緩開口。他口中的那種事情，指的是哪一件事呢。

那種事情是指什麼？

廣一差點脫口說出疑問，幸好懸崖勒馬，吞了回去。二木的問題，很明顯在試探自己到底知情到什麼程度。現在要是認爲「那種事情」不是指順手牽羊，就會很不自然。眞是千鈞一髮，但還是過關了。儘管已經累了，不過判斷力依然健在。二木會問這種問題，就表示自己還有機會，可以假裝對「GAJIZO」毫不知情，只是想帶色情書刊去廁所，結果被抓的好色小鬼。

「我剛好對那本雜誌有興趣……但又沒辦法買成人書籍。」

「原來如此啊。」

二木說完，抿了一口咖啡。他注視著擋風玻璃。與其說二木是望著眼前的夜色，不如說他眞的只是盯著擋風玻璃。過了一會，二木慢慢開口。

「我在你這個年紀，那類書和影片都是從朋友那邊傳過來的。班上總是會有一兩個那樣的傢伙。不知道他們怎麼取得的，但總是有不少那類東西。不過在我那個時代，眞的要買的話，還是買得到就是了。」

「……老師應該也知道，我……我沒朋友（註）。」

「你用輕鬆隨便一點的口氣也沒關係喔。」

「啊……好。」

「相對地，現在這個時代，只要有網路，什麼都看得到。你有智慧型手機吧？」

「有。」

「這問題有點私人，不過我要問你：你不是對偷竊本身感到性快感吧？」

「我不會。」

這種人存在嗎？廣一尋思。

「那事情就解決了。你完全沒有問題。下次要是對那類東西有需求，在做出什麼蠢事之前，先好好利用文明的利器。不可以造成其他人的困擾。」

二木說完後，打開咖啡杯的杯蓋。從杯蓋上的小開口喝咖啡，大概還是太燙了。

「我相信你不會再犯，所以今天的事，我不會對學校說，也不會跟你媽媽說。」

二木說的不是你父母，也不是你家長，而是你媽媽。廣一意識到，也許作為級任導師，這是理所當然的事情，不過二木很清楚自己的家庭環境。

廣一轉了轉手中的寶特瓶。裝著冰涼綠茶的寶特瓶，表面因為溫差而覆著水珠。

他不覺得二木完全相信自己，不過他認為二木充分考慮過自己知道「GAJIZO」的可能性，依舊決定採取班導的立場。

不管怎麼說，廣一已經聲稱湊巧選了那本雜誌。如果二木選擇這樣處理，是否在暗示廣一，要他保持自己的說法？

二木剛才說的「不會跟你媽媽說」，一定是在施壓。只要二木捏著自己的要害，他的祕密就不會曝光。

兩人現在僵持不下。

廣一瞥二木一眼。二木正享受著咖啡。

兩人都掌握著足夠的材料，能牽制對方的行動。這一點雖然是事實，但把事情說得這麼嚴重又有點怪。二木的反應缺乏緊張感，比較接近「我們兩邊都有痛腳，所以不打了吧」的溫和穩健態度。

真無聊，廣一想。

隨後，他的腦袋冒出大量問號。

無聊？廣一簡直不敢相信，自己竟有這樣的感想。

註：此處前後的「我」，原文分別為「俺」、「僕」。前者語氣較為不客氣，所以廣一才改口換說「僕」。

犯下偷竊罪。鬼鬼祟祟打探班導祕密。這兩件事都被二木看在眼裡，事情卻用順利得難以置信的方式落幕。自己應該對此求之不得。

廣一試著吁一口氣，刻意表現安心，期待正確的情緒會跟著湧上心頭。

可是，眞想抖出一切。

從還沒開封的寶特瓶滴下的水滴，逐漸沾濕廣一的手和T恤。

就在剛才，廣一明白了這份衝動的理由。

廣一想指著二木的鼻子告訴他，自己知道他的祕密。

這是無視得失的愚蠢衝動。

這份心情到底是什麼？眼下二木和自己之間，已經建立不成文的和平條約，但廣一不可思議地感受到焦慮。

這個一臉若無其事的蘿莉控變態，難道以爲廣一犯了竊盜罪，兩邊就算對等了嗎？我犯下的事，和你的噁心行徑相比，難道你不覺得可恥嗎？身爲教師，卻有那樣的興趣。

如果把翻湧的惡言惡語一傾而快，二木會露出什麼表情呢？不知爲何，廣一十分想看看那張臉。一定會比在書店看到的面無表情，更貼近二木眞實的模樣。

廣一回神，不知何時，正用力握著寶特瓶。每當要制止衝口說出想法，就會變成這樣。不過這還是第一次，湧起想要傷害眼前某人的念頭。

他打開寶特瓶瓶蓋，讓冰涼的液體流進喉嚨。接著清楚地意識到，好一段時間沒入口的水分滑過食道，流入胃袋的感覺。突然其來的冰涼液體，冷得讓人擔心會再搞壞肚子。要是這份突然的涼意，能夠冷卻此刻的莫名感受就好了，廣一想。

二木用雙手拍了一下方向盤。

「好，那我們差不多該回家了。幸好能像這樣，好好和你談過。要是升上高三，我就不再是你們班導了。」

「……是喔？」

「嗯，要準備考試的年級，大都是由必修科目的老師來擔任導師，輪不到教美術的我。不過如果有問題，不論什麼時候，都能找我商量喔。」

不論什麼時候，都能找我商量，這句話聽起來眞是有夠虛假。

貓蜥蜴星人。

廣一有一種踩破薄冰的衝動。

別想逃。

「其實我現在就有想商量的問題。」

「……是嗎？」

二木停了一拍，用彷彿在說「我在聽喔」的語調應聲。面對對話已經結束，卻搞不清楚狀況，硬要說下去的不識相對象，二木似乎打算寬容地回應。廣一在至今爲止的人生之中，不知看過多少次大人這樣反應。

「關於將來規畫的問題。」

「喔——田井中有什麼打算？」

「我打算升學，但不知道該選什麼大學，也在考慮是不是該選專科學校。」

「專科學校？你有什麼想走的職業嗎？」

「我還沒考慮到職業這條路，不過對滿多東西都有興趣。」

「哦，比如說？」

「老師覺得漫畫家怎麼樣呢？」

二木沉默了。

「啊，不過去上一般大學，或許會比較好。我雖然對漫畫有興趣，但不可能馬上就靠漫畫混飯吃。還是去上大學，修個教育學分好了。這樣選比較好吧，算是上個保險。畢竟好像也是有人一邊當學校老師，一邊畫漫畫。二木老師怎麼想？一邊教書，一邊畫漫畫，好像很辛苦，老師覺得實際上可行嗎？」

二木的手放在方向盤上，注視著擋風玻璃。他的視野內，只有整片無趣的夜晚停車場。不管看多久，也不會浮現答案。廣一感到情緒高昂。當漫畫家這樣的想法，他自然從來都沒想過。

「嗯，不知道呢。大概會挺辛苦吧？」

二木低聲說道。他的表情沒有變化，回答卻顯得冷淡。

「果然啊，那我還是再考慮一下。我想老師也知道，我家是單親家庭，家裡環境讓我不能太任性。必須考慮現實面，思考怎麼自力更生。謝謝老師，我就想問這個而已。」

「我說啊。」

「是？」

「你的個性，還滿惹人厭的。」

二木說完，車內陷入一陣沉默。

他的臉上，只戴著廣一見過的面無表情面具。

打破沉默的是二木。

「好了。」

他的聲音格外明亮，表情卻維持一片空白，顯得非常不協調。

「接下來眞的該回家啦。」

「老師——」

「已經是晚餐時間了，不知道你媽媽煮什麼，等你回家呢。要是太晚回去，會讓她擔心吧？由我來向你媽媽解釋原因好了，這樣她應該就能安心了吧。」

「……你在暗示什麼？」

「彼此彼此吧。」

二木斜眼瞟了廣一一眼。

「老實說，我不認爲這麼迂迴的講法能讓你理解，我就直說了。我不知道你想要得到什麼，不過我不打算給你任何東西，也不會給特別待遇。如果你不高興，想向周圍的人說出這件事，我勸你還是住手比較好。像你這樣的人說的話，誰都不會相信，你自己也討不了好。今天的事情，你應該不希望媽媽知道吧？只要你不做多餘的事情，我也不會出手。」

「就像是僵持不下的拔河呢。」

「這種情形，應該說是捏著彼此要害才更貼切。」

廣一情不自禁地盯著二木的嘴巴看，一會才說道。

「你不在意我爲什麼會知道嗎？」

「眞纏人啊。聽好了，你什麼都不知道，懂嗎？」

廣一無視這句話。

「老師剛才說，一旦祕密曝光，就連我也討不了好。我的確不希望媽——我母親知道今天的事情，以這層意義上來說，我確實會有損失。不過和老師相比，根本不算什麼。老師要這樣一直拿我母親當擋箭牌的話，我就把老師捲進來，將一切告訴大家。」

「你有在聽我講話嗎？根本沒人聽你的話。說起來，你連證據都拿不出來。」

「要證據的話，我有。」

二木露出懷疑的眼神。

廣一盡可能用意味深長的方式，吐出答案。

「下北澤近川劇場。」

聽到這個專有名詞，二木沒表現出太大反應。毫不反射光線的漆黑眼眸，緩緩滑向左下方，似乎正在回溯記憶。

「我在那個劇場前，拍下了老師拿著T恤的照片。」

二木的眼珠轉向左下後，陡然定住，終於明白了。

東京都內，位於世田谷區的下北澤車站周遭一帶，通稱為「下北」的地方，有許多劇場。只是大多都是小劇場，俗稱「大盒子」的劇場只有一個，就是多田劇場。

大約一年前的日子，廣一和母親一起站在多田劇場前面。

多田劇場，對於戲劇人而言，就像是鯉躍龍門的地方。身在東京，希望在演員這條路上發光發熱的人，大家都夢想著有朝一日站上下北多田劇場的舞台。站在劇場前的人群中，等待開演的母親，激動得呼吸急促地向身旁的廣一說明。

「你知道嗎，酒井還待在小劇團時，就被拔擢爲主演，參加在這個劇場舉行的公演，並一口氣爆紅。現在已經是當代之星，沒想到他還願意回來多田劇場演出！」

劇場前的人群裡，有不少年輕女性的身影。和她們相比，較爲年長的母親顯得興奮浮躁，讓廣一難爲情，生出逃離現場的念頭。

「我能去買個果汁嗎？」

「可以是可以，但是劇場不可以帶飲料喔。」

「我馬上喝。」

「小心你在開演期間想跑廁所。」

把母親的碎碎念拋在腦後，廣一溜出人群。

他在劇場前的自動販賣機買了碳酸飲料，喘口氣，眺望起眼前往來的行人。

久違來到大都市。以前住在東京都時還小，沒什麼特別感觸。不過現在一看，都會的人果然都打扮得很時髦。廣一看看自己的下半身：不論是卡其色長褲，還是印著紅色線條的運動鞋，都是母親在自家所在的S縣買的，八成出自哪家量販店。上了高中後，廣一依舊穿母親買的衣服。同年齡的人都已經開始自己挑選衣服了吧，不過就算想知道，學校裡也沒人可問。不論是自己，還是母親，都很丟臉。一產生這樣的想法，就陰鬱起來。

當初根本就不該陪母親來觀劇。幾個月前，待在家裡的廣一，聽到母親說「我也有買你的票喔」的時候，因爲正沉迷書中，便隨口應了一聲，於是有了今天的下場。自己都十五歲了，還黏在母親身邊來觀劇，簡直像有戀母情結。想到這裡，廣一更低落。

忽然，他在眼前人群中，注意到一群外表突兀，和周圍景色格格不入的族群。

多田劇場的斜對面，是一棟工業混凝土風的灰色老舊大樓。此刻一群人正從地下室湧上地面，他們相同的奇特外觀吸引了廣一目光。那群人到底是什麼團體？從外表來看，不太像是出現在下北一帶的打扮。眞要說的話，應該是會出現在阿宅區——秋葉原的人種。

他們不知爲何全員都雙手提著紙袋，裡面好幾卷捲成筒狀的大開紙張。背包中也插著紙捲，有人甚至整身看起來像風笛。廣一看向他們步出的建築，招牌寫著「下北近川劇場」。儘管說是劇場，但和隔著馬路相對，位於廣一這一側的多田劇場相比，就顯得微不足道，規模差得遠。從氛圍看來，應該是小規模的展演空間。走上地面的阿宅中，有人低著頭，儘管剛剛應該才舉辦了開心的活動，卻獨自快步走向車站；有人則是帶著興奮的神情，和身邊的人互相展示袋子內的戰利品。要說共通點的話，就是他們都顯得鬼鬼祟祟，彷彿下北這個地方對他們而言，就像身處敵營。

在這群人中見到熟悉身影時，廣一最初以爲是看錯了。

二木的身影，就在那棟老舊大樓前的圓柱形菸灰缸前。他正獨自吸菸。

二木老師？

廣一瞇起眼睛，想看得更清楚。他實在無法馬上意識到，在這個離家遙遠的地方，自己的級任導師竟離自己只有幾步之遙。更不用說，自從高中開業典禮上第一次見面，廣一就暗自判斷對方是和自己相差最多的人種。而那個二木在這裡，眞是令人意外。

之所以這麼想，是因爲二木非常「普通」。不只外表，就連二木會說的話，也都符合世間大多數人共通的感性。興趣是看棒球，喜歡的藝人是人氣第一的〇〇女演員。二木對學生自我介紹時如此聲稱。距離當時過了五個月，廣一更加認爲二木完全就是他自介時描繪的人物：普通，多數派，沒有半點「奇怪」。每當有人對二木開親狎的玩笑，同學們哈哈大笑時，廣一總是獨自搞不清楚笑點，只能愣在一旁；相對地，二木總是揚揚苦笑，做出生氣的樣子回敬，大家就笑得更厲害。廣一無法理解這一連串的過程中，讓大家發笑的邏輯是什麼，他唯一推測得出來的是——二木的反應總是在大家預想範圍中。因爲大家的回應都沒有時間誤差，所有人都在笑話出口的當下，或多或少預料到二木怎麼回應。這和搞怪相反，是令人安心的老哏。大家對老哏都有共通認識，而自己沒有。自己總是被大家之間不成文的規矩排擠。

二木說難聽一點是沒特色，說好聽一點就是不搞怪。可是此刻，二木卻身在眼前風格強烈的集團中，讓廣一難以置信。

二木穿著白色襯衫和深藍色長褲，打扮得平淡無奇。就這層意義上，他的穿著就和平常一樣。即使身處秋葉原風的集團，也不會顯得突兀；走在時尚的下北的街道上，也不會被人丟石頭。他的腳邊擱著和其他阿宅相同的紙袋，不過看不到探出紙袋的紙捲。二木吞雲吐霧，眺望著街道。爲了不被發現，廣一把身體縮到多田劇場前的樹籬後面。

二木抬起視線。在他的視線前方，是個剛走出大樓地下室的男人。那個男人即使在秋葉原集團中也格外突出。他是個大胖子，白T恤被肚子撐得圓滾滾的。糾結黑髮襯出的額頭上淌滿汗水，眼鏡的鏡腳陷進臉上的肉裡。簡直就是一講到阿宅，大家馬上浮現腦海的經典造型。現實中竟然有如此符合阿宅形象的阿宅，廣一反而感到吃驚。肥胖的男性左顧右盼，朝劇場前的人群張望。二木拿著香菸，朝男性舉起手。男性登時搖晃著兩手紙袋，走向二木。紙袋中堆著連風笛男也難以匹敵的大量紙捲。這個男性恐怕是這個群體中的強者，廣一思忖。沒想到二木認識這名男性，內心起了興趣，便從樹籬後接近他們，偷聽對話。

肥胖的男性對二木出聲說道。

「我還想你去哪裡了呢！小杏奈還在下面喔，快去找她握手吧。」

二木把香菸扔進菸灰缸。

「我就免了。」

「演唱會後的互動才是重頭戲！買周邊是粉絲的證明。」

「我有買她的新歌。」

「去請她在盒子上簽名嘛。」

「不用了啦。」

「眞是的，GAJIZO老師眞是太害羞了是也。」

竟然能實際聽到「是也」這個經典的阿宅語尾，廣一頓時一陣感慨。不過或許該說理所當然地，對方看來並不是實際用這種口吻說話，而是刻意用這樣的說話方式來開玩笑。比起這件事，廣一更在意的是，肥胖男性用「GAJIZO」稱呼二木這件事。「GAJIZO」是二木的綽號嗎？

嘿嘿嘿，宛如從地底深處爬出來的笑聲傳入耳中，原來是肥胖男性的笑聲。他的笑法就像是直接把漫畫的台詞念出來，是非常漫畫式的笑法。

「哎，我就想大概會是這樣……」

男性一邊說，戲劇性地把背轉過來。他的白色T恤背上，用黑色簽字筆寫著「獻給太刀駒老師」，文字底下還有類似簽名的潦草文字。即使如此，二木依舊毫無反應地站在原地。背向二木的肥胖男性緊接著大喊一聲。

「噔噔！」

肥胖男性一口氣撩起T恤的背面。在T恤下，是另一件同樣的T恤。上面除了「獻給

GAJIZO老師」的文字，還有著相同簽名。肥胖男性誇耀似地揚聲大笑。

「我連你的簽名也要來啦！滿身大汗還特地穿了兩件T恤，你要好好感謝我喔。」

「你爲什麼要穿在身上啦。」

「當然是爲了品嘗兩次讓小杏奈用筆在背上描繪的感觸啊！」

肥胖男性說完就當場扭動身體，靈巧地只脫下裡面那件T恤。面對遞給自己的T恤，二木起初有點猶豫，最後還是死心地接過T恤，把簽名攤在眼前欣賞。攤開的T恤被汗水浸得半透，對廣一而言，根本就是髒東西。二木卻道了聲謝，把T恤收進紙袋。

二木對男性出聲詢問。

「接下來如何？要去吃個飯嗎？」

「不，雖然剛才還讓你久等，不過抱歉，我得回去趕稿了。我是截稿日臨頭，都火燒屁股，還硬跑來看演唱會是也。現在屁股根本熊熊燃燒中。」

「啊——其實我也是。」

二木抓抓腦袋。

「有正職工作眞是辛苦啊。」

「不，我只是速度太慢。哪像每個月都能畫好幾篇的你，實在令人尊敬。」

「不拚到這種程度，就沒辦法混口飯吃嘛。」

肥胖男性說完笑笑，重新提起放在地上的紙袋。

「有點不好意思，我就告退了。彼此都好好加油啊。長時間坐著趕稿，要小心腰痛和痔瘡喔。」

大概是聽到痔瘡這個詞，一旁走過的女性刻意和肥胖男性拉開距離，繞了個彎，從廣一面前經過。當女性從廣一的視線中消失時，肥胖男性已經轉身背向二木離去。獨自留在原地的二木，又取出香菸點火。吸了一半後，就把菸捻熄在菸灰缸裡，提起紙袋。

廣一思索起眼前光景的背後含意。

就廣一所知，趕稿和截稿日等，使用這些字眼的無非是小說家或漫畫家。「GAJIZO」是二木的筆名嗎。在廣一腦中，他無論如何都無法把二木跟這些職業連在一起。因爲他對從事創作的人，都有一種不食人間煙火的印象。美術教師的二木，明明應該是從美術大學畢業，但就連這一點，廣一至今也覺得沒什麼實感。這樣的二木，似乎有意想不到的一面，還和那個不管怎麼看都給人阿宅印象的肥胖男性，屬於同類。

讓廣一驚訝的事情很多，不過最讓他意外的是自己對二木這麼感興趣，甚至躲起來偷看。至今爲止都不曾對別人感興趣，然而剛才的廣一，卻無法從二木身上移開視線。

廣一感到有些雀躍。

在那之後觀劇的劇情，廣一已經記憶模糊。

回家的電車上，廣一確認身旁的母親打起盹，就拿出手機搜尋「GAJIZO」這個名字。跳出來的結果，淨是餐廳名稱，或是關於一隻叫做「GAJIZO」的寵物犬部落格，都和二木沒什麼關係。廣一稍作思量，用「下北、演唱會、杏奈」當關鍵字。根據結果，在二木去的那棟大樓，當天舉行演唱會的是一位小眾地下偶像。見到顯示在畫面上的偶像照片時，廣一不禁吃驚，同時又理解那群秋葉原集團，當時爲何會散發出異樣氛圍。名爲杏奈的地下偶像，是一位十分年幼的少女。她看上去絕對不到十五歲，弄個不好，她的外表還可能讓人誤會她是小學生。

廣一實在無法想像二木在演唱會現場，像廣一對偶像演唱會的成見一樣，拿著類似螢光棒的東西揮舞。根據找到的偶像推特，她的帳號約四百名追蹤者。不用社群網站的廣一無法根據這樣的人數，判斷她多受歡迎，但以在觀眾前唱歌跳舞的人來說，似乎有點少。廣一移動手指，機械式地往下滑，確認關注她的用戶名單，結果找到一個叫「GAJIZO」的用戶。這個名字一不留神就可能會被忽略。之所以能找到這個帳戶，也許是因爲雖說不抱太大期待，但廣一還是有在留意「GAJIZO」是否在關注名單中；又或許是因爲「GAJIZO」名字前面顯示的方形頭像，是用鮮明奪目色彩畫出的動畫風少女插圖。

按下「GAJIZO」的名字，廣一更加確定這就是終點。帳號最新一則推文，附著一張照片。照片中是那件寫著「獻給GAJIZO老師」的簽名T恤，還附著一段文字。

——儘管進度不妙，還是參加了小杏奈演唱會。我簡直就是粉絲的楷模。同行的太刀駒老師還一併幫我要了簽名。因爲上面沾滿他的汗，打算待會把T恤丟去洗衣機。簽名應該不會被洗掉吧？

不會有錯，這傢伙就是二木。

頁面頂部顯示的個人資料，上面的文字非常簡潔。

——作品於月刊LOL刊載中。

LOL是雜誌嗎？廣一搜尋起來。由於短時間點開太多網頁，瀏覽器的分頁疊了一層又一層。「LOL」一如預想，是雜誌名稱。看到成人雜誌這幾個字，心臟用力一跳。

他點開雜誌官網首頁的「試閱」連結。

圖片一跳出，廣一馬上按下手機的主選單按鍵，關掉剛才的畫面。坐在身旁的母親依舊徘徊在淺眠，廣一確認她的狀況後，把視線轉向另一側，結果和站在電車車門前的上班族女性對上視線。接下來還是等晚上獨處再看吧，別在這裡點開比較好，廣一思考。

剛才顯示在螢幕上的圖片，是身上「只」揹著書包的女孩插圖。

就這樣，廣一得知了二木的祕密。

身旁的二木在駕駛座陷入沉默，廣一對於一年前目擊的景象，和自己剛才的發言，懷著相同感想。

人都有意外的一面。

剛才情急脫口而出的虛張聲勢「拍了二木拿著T恤的照片」，似乎成功產生牽制效果。廣一維持著從容，假裝自己占盡優勢，同時暗暗吃驚——

他從未想過自己這麼擅長臨場演出，厲害到能當場發揮，編出這樣的謊言。

我隨時都能把照片張貼在學校各處，還附上「GAJIZO」的作品剪貼。這樣一來，你會有什麼下場呢——廣一大可補上這麼一句，但選擇閉嘴。他判斷沒這個必要。二木已經十分清楚自己處於不利的情勢。不過要是他要求看照片，那麼二木又會恢復威勢，吐出「沒有證據的話，誰都不會相信你說的話」之類令人不爽的話。廣一爲了把二木的注意力從照片的存在引開，決定再加把勁。

「老師你寫在黑板上的字，跟『GAJIZO』漫畫裡的手寫字完全一樣。內容上，大多是些羞羞臉的擬音吧？你用和那些文字完全相同的筆跡，在學校寫正經的東西時，我每次都覺得心情微妙。這要說是證據的話，應該算吧？雖然有點薄弱就是了。」

二木緊緊盯著廣一。儘管還說不上把心情寫在臉上，但是含著敵意的眼神。廣一一陣滿足。要說不害怕是騙人的，不過，此刻還是快感的比例占上風。

「應該說，公立學校的老師，應該是公務員吧？和政府機關人員一樣？我記得不能兼職才對。」

廣一說得起勁，連他根本覺得無所謂的事情，都接連從口中冒出來。他在這方面對二木並沒有什麼意見，只是有合適的石頭就想扔。

二木開口了。

「你的目的是什麼？」

「老師不是不打算和我交涉嗎？」

「確實沒這打算。」

「那我就算說了，也沒什麼意義吧。」

「我是因爲完全搞不懂你想做什麼，才這樣問你。」

廣一用鼻孔哼笑一聲，擺出傲慢的態度拖延時間，轉動腦袋思考：自己到底想做什麼？二木彷彿看穿廣一的想法，開口說道。

「打從一開始，你對我就沒有要求吧。我這次被叫到書店，應該是無意的結果。你眞要威脅我的話，應該更早行動。我看你是偶然間知道了什麼，一直以來都在暗地竊笑，現在發現有機會勒索我，就開始絞盡腦汁，思考該如何跟我敲詐，不是嗎？就像本來以爲不會中的彩券中了大獎，所以就嘿嘿笑著，思索怎麼花這筆意外之財。」

廣一不悅地撇過頭。大致上說中了。沒錯，他本來就沒打算要求，自己至今爲止做下的事情，到底是爲了什麼，就連自己都不明白。

二木用力嘆一口氣。

「難道我接下來得一直被你耍著玩，直到你想出想要的東西爲止嗎？剛才我說什麼都不會給你，我修正一下：我會買個沙包給你。你要消除平日的不滿，能不能找沙包，別來找我？把不爽的傢伙大頭照貼在上面，用力揍下去就好，應該很痛快。」

眞是厲害啊，儘管不利，還這麼會耍嘴皮子。廣一心生佩服，同時也對二木的話感到有點道理。一直把二木耍著玩嗎，廣一想。在搞不懂自己動機的當下，對於自己想做的事情，這正是最接近的答案。

「我不需要沙包。噪音會讓鄰居困擾，而且沙包送上門，我母親一定會嚇一大跳。」

「我從以前就覺得，你的回答老是有點偏題。」

「……我不喜歡被人這麼說。」

「因爲你十七年來都聽人家這麼講，聽到耳朵長繭了？」

「我今年十六歲。」

「你看，果然偏題了。」

二木揚起嘴角，廣一一陣惱怒。

「二木老師，你清楚自己現在的立場嗎？」

「我知道啊，所以我打算來個提議。」

「提議？」

「我會出功課給你。」

「啊？」

廣一皺起眉毛。二木裝模作樣的教師口吻讓他感到不爽。

「下次我和你兩人單獨面對面之前，你要想好自己到底想從我這得到什麼。如果我能提供，我就會答應你的要求。相對的，你要把照片刪掉，從此不再與我的弱點有瓜葛。雖然和你交易，簡直糟糕透頂，不過總比被你折磨到天荒地老來得好。我們就快速俐落地把這件事解決掉吧。」

廣一蹙著眉頭，聆聽二木的提案。跟不上這番話的邏輯，難道因爲自己頭腦太差嗎？他不禁這麼想。

「呃，假使我向老師要求，老師也實現我的要求好了。但我有什麼必要刪掉照片嗎？只要我有照片，老師就會一直答應我。就這樣下去，不是很好嗎？」

「一般都這樣啦！但你不知道凡事要懂得適時收手嗎？」

廣一緊皺眉頭。對於「適時」這類缺乏明確定義的東西，他向來難以界定。

「我不知道。」

「那你剛好學一課。」

二木說完，喝下應該冷掉的咖啡。自己正被二木的花言巧語牽著走。從小到大，廣一被迫清楚認知到，自己對大家所謂的「常識」缺乏理解。也許二木說得沒錯。自己不擅長判斷潛規則是眞是假，二木似乎看穿這點。明知廣一無法理解，卻利用這一點，用「一般都這樣啦」，強行把觀念塞給廣一。廣一覺得彷彿被占便宜，不禁心生不快與不安，而且不知爲什麼，情況不知從何時起，變成由二木主導。

「……什麼學一課啊，明明就是蘿莉控。變態就別在那邊講些裝模作樣的話。」

廣一低著頭吐出這句話。他之所以沒面對二木的臉，是因爲這句話一定能有效刺激到二木。儘管依然想傷害對方，但情勢被二木擾亂，導致他的自信受到打擊。

這個瞬間，廣一打從出生以來，頭一次從肌膚感受到透過空氣傳來的情緒。那份感受近似靜電。宛如冬天碰到門把的刺痲感，陡然覆上短袖T恤露出的上臂。

廣一不禁一僵，擔心起身旁拿著咖啡杯的二木出手揍自己。

預想中的衝擊並未到來，廣一小心翼翼地確認二木的樣子，二木仍舊不發一語地握著咖啡杯。想想也是，廣一頓時覺得擔心受怕的自己像個笨蛋。二木不可能出手，這只會讓情況惡化。二木是謹愼維持表面過活的人，自然會考慮前因後果行事。

二木動了動肩膀。注意到動作，廣一又下意識地縮起身子，在心中用力嘖了一聲。

二木當然不是準備動粗，而是爲了發動汽車。車子倒退離開停車位，緩緩駛上馬路，沿著通往廣一家的路線行駛。剛才兩人所在的便利商店，很難說是位在廣一家附近，但可以說是最近的便利商店。以鄉下的感覺爲基準的話，要步行回家，距離也不算太辛苦。二木大可爲了洩恨，把辱罵自己的廣一丟在原地。不過，二木沒有這麼做，反而壓抑情緒，打算乖乖把廣一送回家。這證實了自己確實比二木有優勢。體悟到這一點的廣一感到暢快。車子在夜路上行駛了一會，就到了廣一家。

「謝謝。」

站在二木的角度，剛剛罵自己變態的傢伙刻意開口道謝，應該只會感到不爽而已。廣一不在乎，甚至覺得對方愈生氣愈好。當他在車內，感受到二木類似怒火的情緒時，確實有一瞬間感到害怕。然而，一旦嚥下這般感受，想要惹惱二木的心情就再次抬頭。

二木叫住打開車門，準備下車的廣一。

「別忘了功課喔。」

廣一默不吭聲地用力關上車門。只要答應一個要求，整件事就到此結束，這項規則是二木擅自訂下的，廣一可沒打算照辦。

二木的車子安靜滑動，保持著緩慢車速離開了。車子消失在轉角之後，廣一拿出鑰匙，打開大門。他拉開拉門，開燈點亮漆黑的玄關。廣一前往書店前還在補眠的母親，似乎已經去上夜班了。

客廳的桌子上有一張紙條，上面寫著冰箱裡有母親準備好的晚餐。見到紙條的瞬間，得知食物存在的廣一的胃，突然大聲抗議。直到剛才都因爲壓力而緊縮的內臟，一回到自己領地就恢復氣勢。這副在家一條龍、在外一條蟲的樣子，廣一不禁有些傻眼。

雖然想馬上順從需求，打點晚餐，但是除了消化系統以外的部分，包括精神，都已經筋疲力盡。他站在客廳的沙發前，一口氣放鬆，屁股摔在沙發坐墊上。遭到接近五十公斤的肉體衝擊，沙發的彈簧發出慘叫。廣一懶洋洋地張著嘴，仰望天花板，全力享受此刻的放鬆。當他隨意稍微垂下視線時，掛在牆上的時鐘進入視野。七點五十分，時針指著接近八的方向，分針指向十。八是棕色，一是紅色，零是黃色。

被蓬鬆的漢堡麵包夾著的番茄醬和黃芥末醬。

一聯想到這個景象，胃就咕地發出低鳴。

餓得不得了。

休息片刻後，就吃飯吧。要回顧今天的事情，思考接下來怎麼做，這些就等到吃完飯再說。廣一這麼決定之後，便清空腦袋，準備休息，以便恢復爬起來的力氣。口水快從張開的嘴裡流出來，依舊盯著天花板的廣一，用手背擦了擦嘴巴。

在分不清是短暫的大腦罷工，還是睡意襲來的朦朧白色意識之中，廣一剩下的最後一絲神智，在想起一項事實後消失了。

他最後還是忘了還給二木一千元。

3

現代國文老師的人像畫，躍然浮現於筆記本的紙上。

廣一聽著枯燥的課，隨手勾勒老師的臉，沒想到後來認眞起來。不知不覺，他就在筆記本上完成大作。最後廣一在人像畫的頭下，補上迷你身體，湧起小小的成就感。

廣一抬起頭，從最後排的座位環視教室。剛才一直盯著筆記本的白色內頁和黑色墨水，也許是兩者的強烈對比，導致此刻一陣眼花，晴朗午後的明亮教室頓時有些發黃。爲什麼上課會這麼讓人想做點別的事情呢？而且班上不只廣一這樣。他就坐在後排，其他同學上課中在做什麼，他幾乎看得一清二楚：有人把手機藏在課本後，偷偷滑推特；也有人被背擋住，看不清楚，但從肩膀起伏來看，應該和廣一一樣在塗鴉。搞不好上課中的學生，大腦會分泌「想做其他事情激素」。

就算現在開始聽講，廣一也不覺得跟得上老師今天講的內容。

淺棕色的長髮在廣一斜前方的座位晃動。

頭髮晃動的原因，是因爲「班長」剛才把頭髮別到耳後。看到她的動作，廣一忍不住想從鼻子哼笑一聲。班長似乎趁升上高中，把頭髮染成了棕色，結果和她認眞的氣質根本不合。廣一曾經見到她因爲髮色而被老師訓話，不過她聲稱在學游泳，頭髮因爲氯氣而褪色。她就憑著這番說法，成功脫身。廣一不知道她說的是眞是假。他對現在的班長，一無所知。

升上高中，她就不再是班長了，但廣一在心中依舊用小學時的方式稱呼她。小學的她認眞、聰明、活潑，簡直就是天生的班長。現在卻和不怎麼會讀書的自己上同一所高中，還頂著一頭不合適的棕髮。

下課鐘聲響了。現代國文的老師還在講話，好不容易終於說出結語，爲今天最後一堂課作結。拉動椅子聲頓時此起彼落。廣一從置物櫃中拿出書包，回到座位收拾東西，班長卻回頭看向廣一。廣一默默收拾書包，留意班長動靜。不能對上視線，廣一默念。班長朝這裡走來。不能對上視線。廣一這麼想著，仔細地把課本弄齊，刻意多花時間處理手上的事情。

班長從身邊走過。廣一聽到她在自己身後，和一群女生簡短聊了幾句。

要是她知道我在威脅班導，不知道會怎麼想？

相比之下，違反校規的棕髮，顯得眞是可愛，廣一想。

拿著書包走出教室時，剛好隔著窗戶見到二木正走在對面的校舍走廊。他大概要去美術教室。正好廣一從昨天起，就一直在找能和二木單獨談話的時機。廣一從口袋裡拿出聽音樂的耳機，塞入耳中。耳機就像棕髮及耳環，都是學校禁止事項。不過廣一有次曾經不小心戴著耳機上學，擦肩而過的老師卻沒說什麼。自此以來，他就放膽戴起耳機。

廣一從手機上播放音樂，那是二木喜歡的少女偶像歌手歌曲。廣一一邊走，一邊將動畫風曲調的旋律，重疊在窗外二木的身影。那爽朗的外表和配樂的不協調感，令廣一愉快。

出乎意料的是，二木不在美術教室。

廣一摘下耳機，環顧走廊，隱約從隔壁的美術準備教室傳來聲音。他豎起耳朵，確認裡面確實有聲音。

美術教室中，有一扇與美術準備教室相連的內門。走進教室，湊近內門。他莫名刻意地放輕腳步。手放在門把上，留意不發出聲響，靜靜地把門打開一條縫往裡窺看。

正把手伸向櫥櫃上方的二木，剛好與他對上視線。

「嚇我一跳，沒想到你會那樣進來。」

廣一一聲不吭，反手關上門。他臭著臉從手機上拔下耳機，捲起耳機線。

「你根本沒被嚇到吧。」

「我很正常地被嚇到啦。門突然自己慢慢打開，我還以爲有鬼呢。」

二木從廣一身上移開視線，從櫥櫃上層一一搬下繪畫器材。自從在車上交鋒那天以來，這是兩人第一次單獨見面，然而二木面對自己，卻表現得一派自然，簡直就像兩人之間不曾發生任何事，讓廣一感到不滿。

「你是來談功課吧？」

二木搬完繪畫器材，轉身面對廣一。

「在這裡談，沒問題嗎？」

「不要緊。就算有人來，不是什麼鬼鬼祟祟的傢伙的話，應該會發出腳步聲，我就會察覺。」

二木像推土機一樣，將放在桌上的繪畫器材往裡推，隨後在空出來的地方坐下。

廣一走近窗戶，淺淺地坐在窗沿上，以高一點的視線，望著稍遠桌上的二木。二木兩腳隨意往前伸，坐在桌面。他今天不是穿運動服，而是便服。服裝以淺灰色爲底色，衣領和袖口、下襬加上粉紅色條紋的POLO衫，給人一種暖意。

「老師眞的不管什麼時候，都像個普通人。」

二木睜大眼睛，回一句「我基本上很普通啊」，然後笑了。

「你以爲我在沒人看見的地方，就會做出什麼不普通的行爲嗎？你爲了看到那樣的我才偷偷摸摸開門嗎？你好像很喜歡單方面觀察呢。這算偷窺癖吧，無法恭維的興趣啊。」

「我才不想被畫那種漫畫的老師，說我的興趣怎麼樣。」

「我可不知道你在說什麼。」

到這個節骨眼，二木還在裝傻。

「就算有畫那種漫畫的人，也不代表作品的內容，就代表作者的性癖，不是嗎？」

「……但是，老師是蘿莉控吧？」

二木既不肯定，也不否定，只是從鼻子笑了一聲。

「老師就是『GAJIZO』吧？你一定是。不過還沒聽到老師親口這麼說。」

「你爲什麼就是想讓我這麼說呢？」

「承認啊。」

「感覺你好像在誘導我這麼說啊，該不會有在錄音？」

廣一嘴巴張得老大。

「我才不會這麼做。」

「誰知道。我可不知道你會做出什麼事情。」

二木的懷疑不無道理。廣一把背靠向窗玻璃。房間逐漸被夕陽染成暖色，但隔著夏季制服的薄薄布料傳來的玻璃溫度卻十分冰涼。二木闔起雙手，開口說道。

「我們來談功課吧。你的答案是？」

「答案的話，我還沒想出來。」

聽到廣一不以爲意地這麼回答，二木眨眨眼睛。

「那你來做什麼的？」

「我決定不出來。」

二木露出假笑。

「心好累。拜託快點決定。我現在身上沒錢，但有需要的話，我可以衝去提款機。」

「我覺得答案不是錢。想不到就是想不到啊。」

「拜託，我想快點解脫，回到原本的生活。」

「你說回到原本的生活，老師是覺得繼續做那種事也沒關係嗎？」

「嗯？」

「明明是老師，卻畫那種漫畫。」

二木刻意睜大眼睛。

「眞是令我吃驚。你要對我說教嗎？」

「老師應該對自己行爲多嚴重有所自覺。說呀，說出『我是危害小孩的蘿莉控』。」

「我可沒對小孩造成危害。」

「就算老師沒對現實中的小孩做什麼，但你這是在助長犯罪。那種作品存在世上，本身就是個錯誤。」

「我明白你爲什麼對我產生執著了。」

二木的雙手交握在膝蓋上，無趣地說道。

「因爲你能這樣揮舞著常識討伐的對象，就只有我而已。」

廣一嘖了一聲。二木這番充滿洞悉意圖的話，讓他生氣。

「不好意思，我算滿常探討自己內心，所以你說的這些，我都有自覺。我只是在講正確的道理，如果你認爲我錯了，爲什麼不反駁呢？不要在那邊扯我的心理來轉移論點。」

二木緊盯著廣一。

「你雖然喜歡觀察別人，卻不喜歡被人觀察，所以才會有偷窺癖啊。」

「就說了不要轉移論點。」

廣一忿忿道，同時思索自己究竟爲什麼向二木挑起辯論。他原本沒這個打算，不過話都說出口，不能打退堂鼓。

「聽你一直在嚷嚷論點、論點。算了，論點是什麼來著，是在說蘿莉題材的漫畫會造成危害？」

廣一點頭。

「既然如此，你剛剛雖然說這類創作會助長犯罪，不過你不考慮看看，色情片也許反而在抑制性犯罪嗎？」

「要是有人想在現實中試試看，因此模仿作品呢？實際上也有不少這樣的新聞。」

「這類作品的存在，和實際付諸行動，兩者是完全不同的問題。」

二木重新交握雙手。

「總是會有人抱著不被允許的慾望。難道不正是因爲不能付諸實行，大家才會寄託在創作上嗎？如果是實際讓未滿十八歲兒童演出的兒童色情片，那又另當別論。這說起來是不同種類的問題。不過漫畫、動畫及遊戲並非如此。乍看長得像年幼少女的成人女性，穿著學校運動服演出的成人片也是一樣。作品中並沒有眞實的可憐幼童。」

從窗戶灑落的夕陽照在二木身上。照理來說，沒有資格站在太陽底下的二木，身影卻籠罩在橘紅色的光輝中。

「你還眞會把自己的行爲正當化。」

「不是你給我機會，讓我正當化我的行爲嗎？我可是很感恩。不過我認爲蘿莉控會遭人厭惡也是無可奈何。人類是具有社會性的生物，對於可能會危害群體中的弱者的存在，自然會本能地感到厭惡。」

二木說著搖了搖頭。

「你自己不也很清楚嗎？不管你怎麼正當化自己，所有蘿莉控被人唾棄都是天經地義。不論是蘿莉控，還是那種類型的創作，存在本身就會讓人不安。」

二木回應。

「這就是爲什麼大家會分棲共存，低調行事。是你自己闖進來找碴。」

「……感覺老師一直說得像是天生如此沒有辦法，不過蘿莉控應該是對成年女性感到恐懼，所以才找小孩洩慾吧。因爲成年人會有自己的想法，不會任憑擺布，才會變成只能對小孩縱情洩慾，說穿了就是卑鄙。」

廣一覺得自己只是在運用電視上獲得的知識，進行人身攻擊而已。

「就算原因是你說的那樣，但性癖就是連對其他事物的恐懼都包含在內，說起來是莫可奈何。順帶一提，我並不會恐懼成年女性。我還有以朋友身分往來的女性朋友。」

「老師是因爲那樣比較像正常男人，爲了假裝正常，才利用對方吧。」

「不只我，大家也都這麼做吧？以我來說，我既不會和對方談戀愛，也不會發展肉體關係，所以沒有人會因此受傷。」

廣一無話可回。我說到底是哪邊不行？二木詢問。廣一雖然想回上一句：只是因爲大家都這麼做，就拿這點當理由，不覺得有問題嗎？但是因爲自己剛剛才用「大家」當主語攻訐二木，此時這樣發言，只會讓自己的頹勢更加明顯。更不用說，自己才是那個不停偏離論點的人。這樣的自覺，讓廣一的舌頭愈來愈笨拙。

廣一從剛才起就只盯著二木丟在地上的運動鞋。白繡線在品牌商標的「N」四周縫一圈。往上，再轉向右下，再往上。上、右下、上……廣一用視線不斷描摹著英文字母。

「啊。」

二木吐出一口氣。廣一抬起視線，對方雙手往後撐，姿態輕鬆愜意。他一瞬間產生錯覺，彷彿見到對方正在盛夏的海灘上做日光浴的光景。

「眞痛快。這樣子說出來，說不定意外挺有趣的。」

二木想來很痛快吧，畢竟平常都要裝乖，廣一想。

又啊一聲，二木像是突然想起來一樣，開口說道。

「我都忘了不可以惹你生氣。怎麼辦，我明天說不定就要失業了。現在道歉的話，你能原諒我嗎？拜託了，我可沒辦法靠一部漫畫餬口，我也沒打算過那樣的人生。」

拜託啦，二木彷彿在這麼說似地闔起雙手。然而態度半點誠意也沒有，反而給人調侃的印象。廣一的怒火和焦躁感熊熊竄起。只要打出二木的弱點，就能輕易讓他閉嘴。但在這個時間點這麼做的話，廣一覺得自己就完全輸了。

「和你說話會讓耳朵爛掉。」

廣一從地板拿起書包。

「你要回去了？我的心臟快要因爲對明天的不安而跳出胸膛了。」

廣一不吭一聲地粗魯打開內門，離開了這個地方。

在走向校門的期間，「落荒而逃」這幾個字，一直像霓虹燈一樣在廣一腦中閃爍，讓他惱火。這樣的發展，和想像不一樣。如果腦袋更清楚，說不定就能駁倒二木。不過當廣一發現二木對自身問題的防備，比想像中嚴密的時候，他就開始警戒提防，避免講錯話。也許太過小心謹慎，導致大腦表現低迷。即使如此，下次絕不會重蹈覆轍。廣一握有二木的祕密，機會要多少有多少。廣一現在已經知道，認眞和二木辯論蘿莉議題是沒意義的事情。對手是長年思考問題的當事者，辯論也贏不了。

下次換不同方法吧，廣一下定決心。但在回家的巴士中，他仍然不停回想這齣落荒而逃的戲碼。怎麼反擊才能問倒二木呢？即使回到家中，晚上洗澡的期間，腦袋仍被這件事占據。廣一就像在反芻小說中喜歡的場景，一次次在腦內重播情境，改動二木台詞，直到他無話可說。廣一進入夢鄉，都仍在妄想中玩弄二木。

4

當廣一如同往常，坐在體育館後面獨自吃午飯時，視野的邊緣出現了棕黑色斑駁的毛球。牠發出用爪子敲擊水泥地的聲音，走向廣一。廣一從他吃的塔塔醬三明治中，撕下白身魚的魚肉，遞給毛球。毛球發出「呀啊啊啊」的傻氣叫聲，就著廣一的手吃起魚肉。再來一些，牠彷彿在這麼說似地，又發出「呀啊啊啊」的叫聲。

一般來說，貓的叫聲應該是「喵」吧。

「你老是會忘掉『N（註）』耶。」

廣一說著撫摸貓的腦袋。貓順著他的手，躺下露出肚皮。這隻貓時常出現在校園，異常親人。牠大概完全熟悉只要做出可愛的舉動，就能得到學生餵食的模式。廣一從第一次見到牠，就把牠命名爲「公關貓」。

公關貓喉嚨呼嚕作響，一邊享受撫摸，耳朵漸漸垂了下來。要來了嗎，廣一思忖，更加用力搓揉牠的頭頂。

註：日文的「喵」發音是「ニャン（Nyan）」，文中小毛球的叫聲則是「ヤアン（yān）」。

掌心下腦袋轉過來的瞬間，貓拳同時襲來。貓眞的很隨心所欲，廣一想，毫不在意地繼續撫摸。貓不斷出拳，最後緊緊地抱住廣一的手腕，一邊踢踢，一邊啃咬手。由於貓只是輕咬，廣一就由著牠去，直到貓的聲音變成低沉的嗷嗚聲時，他才鬆開手。

廣一看著公關貓舔順被摸亂的毛。因爲廣一在牠眞的生氣前就停手了，所以公關貓依然留在他身邊。廣一的手背上，留有幾道公關貓爪子掠過的淺淺抓痕。

當天班會時間，班上發了畢業出路調查表。高中二年級已過一半，差不多該把目光投向目標，並開始正確地努力，然而廣一仍然缺乏現實逼近的實感。再悠哉一會也行啃，面前不是用白紙，而是用再生紙印刷的調查表，似乎也在對廣一這麼說。

教室內響起學生們對自身將來的呻吟，以及交談的竊竊私語。二木當家的班會時間，氣氛總是如此鬆散。一名男同學對坐在講桌前，等待大家提交調查表的二木說：

「老師，我沒有想做的事情，就算去讀大學，應該也沒什麼意義吧！」

「沒有想做的事情的傢伙，更應該繼續升學。」

二木一邊翻著手上的文件，一邊回答。

廣一用下巴敲了敲自動鉛筆，思考片刻，在紙上寫下了自己也考得上的私立大學。當大家都在討論塡表的時候，廣一注意到有人似乎放棄了一切：班長看著面前的紙，雙手擱在膝上，靜靜坐著。她嬌小的背被頭髮覆蓋，就像一隻長毛狗的背影。

每個人都將塡好的調查表交給講桌前的二木。接過調查表時，二木的視線一一掃過內容。廣一從提交後和二木聊起天的同學身旁，將摺好的調查表放在講桌上。

「田井中，你寫好了嗎？」

二木說道。態度一如往常，對所有學生都是平等輕快。廣一應了聲是，二木笑了笑，把調查表收到手中。二木沒有當場打開摺起來的調查表。廣一轉身背向二木。儘管並非事先說好，二木還是相當敏銳。不愧是有虧心事的傢伙，他暗自嘲笑。

是自己太過抬舉二木了嗎？

廣一從「綠色小說」的書頁抬起頭，盯著咖啡店門口。他是在一個多小時前，從那裡進來的。從家電量販店二樓咖啡店的靠窗座位，可以看到晚上八點的漆黑天空。廣一再次將目光投向「綠色小說」。不論讀幾次都很有趣，但等待一個遲遲不來的人，內心的焦躁讓人完全讀不進故事。即使如此，廣一依舊假裝在閱讀，不然周圍的目光就會讓他在意得坐立難安。這是他第一次獨自進咖啡店。

爲什麼還不來？難道沒注意到自己在調查表空白處，寫下指定時間和地點嗎？或者他還沒下班？還是被無視了？如果是後者，這次一定要好好提醒他兩人立場的懸殊，他不停思考。

廣一用吸管喝起被融化的冰塊稀釋的冰茶。就在這個時候，一道亮光劃過視野。當他眨眨眼，望向窗外時，正好瞧見一輛車駛進家電量販店的所有地。那輛眼熟的車是二木的車。終於來了。廣一放開玻璃杯，重新裝出看書的樣子。他瞥向幾乎全空的玻璃杯。一想到讓二木看到他苦等的證據就覺得不爽，所以他又向店員點了一杯新的冰茶。

等了一陣子，二木依舊沒出現。

從把車停在停車場到上來，理應不需要太多時間。該不會那輛車雖然型號相同，但其實並不是二木的車嗎？廣一等不下去了，便結了帳離開咖啡店。白白浪費第二杯飲料，更是讓廣一心情彷彿插了一根倒刺。

下到一樓後，就往停車場走。

剛才隔著窗戶看到的車，此刻停在停車場深處。對於二木的車牌號碼，廣一記得下排的四位數字，黃色、黑色、黑色、黃色。不過不用確認，他就確定這輛車是二木的。因爲二木正坐在昏暗的駕駛座，臉上映著手機螢幕的光。他正一臉無聊地把玩手機。

廣一皺著眉，拍了拍車窗。二木在廣一身影落在車窗的瞬間，瞥了他一眼，解開上鎖的車門，便繼續盯著手機畫面。廣一火冒三丈地打開車門，坐上副駕駛座。

二木在廣一抱怨前就搶先開口。

「太慢了。」

聽他這麼說，廣一用這輩子最錯愕的聲音，回一聲「啊？」二木毫不在地說。

「我看到你坐在窗邊，才開了大燈。我看你也有注意到才對。麻煩早點下來，我不是吃飽了撐著，還要被你叫出來，又要在那邊等你。」

「不是，我不是留訊息，要你到店裡來嗎？」

「指定這種地方，你在想什麼啊？」

二木仰頭看向剛好位於頭上的咖啡店。根本不知道會被誰看到吧，他說。

「不過是班導和學生，也沒什麼……」

「班導和學生單獨在學校外頭喝茶，根本不自然。」

「是你想太多了。」

廣一悶悶反駁。二木依舊在滔滔不絕抱怨。

「說起來，這到底是怎樣？在畢業出路調查表上，偷偷寫下見面地點。這種做法我只在古早的連續劇裡，看過職場外遇的情侶這麼做。」

「我忘了問你的手機。所以你把那個帶來了嗎？」

二木把視線轉向遠方。

「沒有。」

廣一又用力發出一聲「啊？」

「爲什麼？我不是寫了，要你帶過來嗎？」

「我沒時間回家拿。」

「橫豎你都會晚到，先回家拿，不是比較好嗎？我不知道你住哪裡，但不遠吧。」

「啊——應該說，我果然有點不爽照做。」

廣一重重往後靠向座椅，感到傻眼。

「都事到如今了。」

「我乖乖給你，你就會放我自由嗎？」

「不可能。」

「我想也是。」

二木沒再開口，言下之意大概表示這就是他拒絕的理由。明知不能違背廣一，卻還是小小抵抗。

「……請開車吧。我們現在去你家。」

二木閉上眼睛。

「不要。」

「是你不好，沒把東西帶來。」

「我和父母同住，拜託不要吧。」

「忘了什麼時候，你跟班上說你老家在宮城。」

「今晚我母親會來住。」

「我會在令堂面前安分一點。你只要告訴她，你輔導的學生來找你商討煩惱，所以你才帶學生到家裡就好了。」

「其實我母親會來住我家，是因爲她和我父親吵架。她現在精神上有點衰弱，能不能改日再來？」

廣一忍不住笑出聲。

突如其來的笑聲，讓二木身體稍微往後退。

「老師也眞厲害。這算什麼病嗎？謊話竟然接二連三說得這麼流暢。」

謊話本身不高明，只是看二木說謊有如行雲流水，廣一覺得十分有趣。

「……只說有意義謊話的人，算不上是有病喔。」

二木說道。

「但那些興沖沖地去做毫無意義的事情的人，我就不知道了。」

他盯著廣一。原來人無法當面忤逆，就會這麼喜歡酸人嗎。廣一尋思。

「好了，總之出發吧。」

「我說啊，如果你眞的那麼想要，我現在就回家拿來。你回上面咖啡店等我吧。」

「不要，我要去你家。」

廣一乾脆俐落地宣布。他的目的已經變成去二木住的地方。只要親眼看看他的生活，也許就能找到別於看他作品得到的印象，改從不同的角度，發現他是怎麼樣的人。廣一自然興趣盎然。

「我眞的不想要這樣。」

「乖乖聽話對老師比較好。老師應該知道爲什麼吧。」

「即使如此，我也不樂意呢？」

廣一有點吃驚。他沒想到二木如此堅持。

「老師不要只用腦袋理解，試試實際想像。明天走進教室，全班同學都會整齊劃一地看向老師，黑板還貼著放大印出的證據照片。我就不再說了。大家表情和接下來會發生的事，就請老師自行想像。既然有在畫漫畫，想像力應該很豐富吧。」

廣一一邊說，腦中一邊描繪出那幅光景。集中在自己身上的批評目光長什麼樣，又會對人的精神造成多大傷害，廣一非常清楚。不過以二木來說，程度應該比白眼更嚴重。

二木瞥了廣一一眼，看向一旁。

「害怕了嗎？」

「並不會。」

「也是啦。」

二木斜眼看向廣一。廣一接著講下去。

「老師最近應該再不樂意，也會在腦中想像吧。」

視線在廣一的臉上停留大約一秒後，二木望向了外面。他把手肘靠在緊閉的車窗窗框上，盯著昏暗燈光下的停車場。在他視線前方，是一塊懸掛在天花板上的標誌牌。

上面寫著「出口」。

二木的公寓隔著高中，與廣一家位在相反方向。

當二木把車停在業務超市再過去一點的停車場時，他用半放棄的語氣，再次詢問廣一是否可以在這裡等。廣一當然拒絕了。遭到拒絕後，二木默默邁開腳步。廣一跟在後面，走在夜晚的道路。道路兩旁錯落著外觀相似的兩層樓公寓。其中一間有著灰色外牆，深色屋頂和支架的公寓二樓，就是二木的房間。

當廣一走進昏暗的玄關時，鼻尖傳來別人家的氣味。聞起來有點像廣一稍早待的咖啡店。氣味的眞面目顯然是香菸。位於玄關旁的廚房瓦斯爐旁，有一個空菸灰缸。

進裡面房間的二木，一掌拍向牆上開關。疑似臥室的房間亮起燈，還在玄關脫鞋的廣一，只窺看得到部分房間。裡頭傳來打開衣櫥的聲響。二木似乎正在偷偷摸摸做什麼。

大概在藏不想被人看見的物品吧，廣一猜想。二木愈是不想被人看到，廣一反而更好奇，不過還是盡可能緩慢脫鞋。他雖然想看到色情書刊，但可不想看到散亂的內衣或是用過的成人玩具。

廣一不知道自己在期待什麼，不過二木的臥室兼工作室，基本上很普通。這個以單身生活來說顯得有些寬敞的房間，在這個鄉下，大概也不算什麼昂貴的地方。電腦、桌子、大書櫃、床、像用來吃飯的矮桌，以及其他各種家具。該有的家具大概都有。整體來說，自己雖然是不速之客，但房間還是顯得相當整潔，反映出屋主嚴謹的個性。如果是廣一自己，突然有人來拜訪的話，肯定不會像這樣。房間和二木外表一樣無懈可擊。

話雖這麼說，這也只是粗淺的第一印象。仔細一看，到處都能發現生活的痕跡。

電腦桌前擺著一個大型液晶螢幕，旁邊又放著較小的螢幕，上面還掛著耳機。一台類似平板的大塊黑色長方形機器，以前高後低的角度，斜斜地擺在桌上。廣一不清楚使用方法，應該是用來畫漫畫的機器。

關於二木是怎麼樣的人，在房間所有物品中，書櫃洩露的資訊最多。

兩個比廣一還高的書櫃排成一排。一邊書櫃收著文件、教育相關的書，以及實用書籍。另一邊放個人愛好。不只有漫畫，小說也不少。最底下用來收納大開本的格子，放著美術史和畫冊。放不下的則用書擋擺在書櫃旁的地板。

此外，在視線高度的格子中，塞滿看似同人誌漫畫的薄薄小冊子。

廣一抽出一本。小冊子一如所料，是封面畫著動畫風少女的同人誌漫畫，上面還明確標明「限制級」。根據畫風，應該不是二木的作品。

這不是爲了給別人看，而是爲了二木自己而存在的書櫃。二木想來應該不曾帶人進這個房間。廣一正津津有味地打量書櫃，二木向他遞出雜誌。

「喏，拿去。」

那是廣一偷竊被逮時，最終還給店家的那本雜誌。廣一接過，當場翻開。

「麻煩不要在我面前看，要看回家再看。是說，你該走了，反正滿意了吧。」

二木安靜道。自從廣一說要去他家，他就一直是這個態度。大概是內心愈激動，就愈不想表現出來，所以二木的語調和表情才顯得一派淡漠。廣一闔上雜誌，盯向坦蕩蕩擺在視線高度的同人誌漫畫。

「老師不打算交女朋友嗎？」

聽到無力的笑聲傳來，廣一回頭一看，只見二木疲憊地盤著雙手。

「我是說成年女性。根據老師至今爲止說法的大前提，老師的主義應該是不對現實中的未成年人出手。」

「否則我說的，就全部都會被推翻了。」

二木指向廣一手中雜誌的封底。只見揹著書包的女孩插圖上，用活潑的字體寫著「YES蘿莉，NO觸碰」。

「這是我信奉的宗教。」

廣一心不在焉地望著雜誌上的印刷字。不知道是不是太憤世嫉俗，不過不管怎麼看，都覺得這個標語只是口號。

「老師如果不打算交成年女性當女朋友，感覺有點不可思議。」

不是不想交，是想交卻交不到——二木應該沒有這個問題，廣一打量著二木的臉這麼想，更不用說他表面工夫那麼完美。二木揚起一邊眉毛。

「爲什麼？」

「老師平常不是很努力表現出普通人的樣子嗎？還以爲老師會交個女朋友當煙霧彈。」

「我會暗示交過。」

「以老師的年紀，感覺會被周圍的人問怎麼還不結婚。如果要徹底扮演普通人，老師難道不考慮找個結婚對象嗎？」

「並不會。」

「爲什麼？啊，一起住就不能畫漫畫了嗎？」

「也不是。」

二木斷斷續續地回答。

「我沒打算把別人捲進自己的生存戰。」

廣一歪了歪頭。

「像同性戀，不也會和異性假結婚嗎？」

「我不是在批評那樣的選擇，而且同性戀和我的情況不一樣。只是性別相同而已，根本不算犯罪。和大人利用小孩的情形不一樣，同性戀的兩人是對等的。」

二木望向廣一手上的雜誌。

「老師會認爲和自己一樣的人，都不可以交往，也不可以結婚嗎？」

「就這一點，我只能爲自己發聲。」

二木摩娑著盤在胸前的雙臂。

「……老師變成蘿莉控，是有什麼契機嗎？」

「你的問題眞多啊。」

「我有興趣的事情，老師全都得回答。畢竟老師和我不是對等的。」

二木抬起視線，眼中彷彿恢復些許力量。

「你真的是個臭小鬼，你的血管裡是流著尿嗎？」

「虧你能講出這麼拐彎抹角的難聽話。」

「不好意思啊，如同你所知道的，我平常太過壓抑了。」

廣一笑了。

「既然如此，說出自己的事情，應該更舒暢才對吧。」

原本只是想利用對方的說詞反擊，沒想到這句話似乎打動了二木。他睜著烏黑的眼睛，默默凝視著廣一。由於毫無表情，廣一看不出他在想什麼。二木果然跟貓很像。公關貓有時也會露出這種眼神。

「我不會對任何人說。反正我也沒有說的對象。」

廣一又加上一句，用的是在眼前晃動酥炸白身魚的相同訣竅。

二木用貓的眼神打量廣一一會，突然走向走廊，消失在昏暗的廚房。廣一對他宛如幽靈的背影出聲。

「順便泡個咖啡之類的來喔。」

過了一會，傳來點火的聲音。

不是瓦斯爐的開關聲，是打火機的聲音。

5

我第一次喜歡上別人，是在小學四年級的時候。

對方是同班的一個女生。時間上算是有點早的初戀，我也覺得自己太過早熟。不過當時還是挺純情的，光是能一起回家就會開心得不得了。

開始覺得怪怪的，是在那之後的事情。

我喜歡的女生，年齡層都不會變。

以前我也是個小孩，即使喜歡同年齡的小孩，也一點都不奇怪。但是當我逐漸長大，升上國中後，會覺得可愛的對象，依舊是年幼的小女孩。

我要打個會遭報應的比喻。

你知道式年遷宮嗎？

有一個叫伊勢神宮，供奉偉大神明的神宮。神宮裡供奉神明的社殿，每過二十年就會重建。在拆毀舊有的社殿之前，會先在神宮內的別的位置，建造新的社殿，再請神明移駕到新的社殿。過了二十年之後，又會拆掉蓋新的。

不管我多喜歡對方，一旦過了一定年齡，她們在我眼中，就會變得和男生沒兩樣。然後當我回神的時候，我喜歡上的對象，又會是另一個像潔白木材一樣的小女孩。

糟到不行，對吧？

我當時可是苦惱得不得了。

雖然嘴巴上說情啊愛的，不過隨著年歲成長，自然會牽扯上性慾。

我在你這個年紀的時候，在妄想中用的是住在附近的小學女生。

她會喊著大哥哥，央求我畫圖，我就常常畫她喜歡的動漫作品中的動物角色給她。她雖然要求我畫那部作品的女主角，我卻撒謊說不會畫女孩子，拒絕了她。我大概是擔心畫出來的話，就會讓人看出什麼不妙的東西吧。

總之，她很仰慕我。我卻在腦袋中縱情侵犯她。

你要是想吐的話，可以去廁所。

儘管如此，那個時候，我還在垂死掙扎。

我告訴自己，我之所以會對小女孩興奮，是單純因爲成年男人對小女孩出手的構圖，充滿違背道德的刺激感。如果我只是對違背道德的情境感到興奮，那我就不是戀童癖。

我嘗試了各種東西。

我跟朋友借了A片，結果擼不出來。

到了這個地步，我就算再不情願也得承認，是我自己有缺陷。

啊，不過我說用A片，完全擼不出來，說得是有點誇張了。思春期的性慾可是很驚人的。在我借來的A片當中，有一個女演員，看起來有點年幼。我努力催眠自己，告訴自己這是小女孩，靠這種方式來哄騙自己。不過這個方法非常需要集中力，因爲只要稍微想到眼前的人只是外表年幼而已，就會倒盡胃口。

我能取得的色情片，全都是這種感覺。

最終我也厭倦了這種自我欺瞞。

大約在那個時候，我平常拿來用的女孩，也迎來式年遷宮的時期。

剛好那個時候，我難得還沒找到新的社殿。

因爲記憶可能經過美化，所以我也分不清楚接下來要說的，究竟是不是事情實際發生的經過。

我愛上了動畫中的美少女角色。

動畫並不是色情動畫，而是傍晚六點會在電視上播的健全動畫。我喜歡的是動畫中登場的少女。

在我心中，她簡直就像女神一樣。因爲不會變老，所以我也不用想著會爲了年齡而捨棄對象的自己有多渣。因爲她不是現實中的少女，所以即使我拿她來妄想，射精後感到的罪惡感也減少許多。

我開始沉浸於妄想中。我妄想對她做色情的事情，想像和她聊天，或一起出門玩。

我害怕妄想中的她會消失，所以我頭一次畫了很爛的漫畫。

我完全是個阿宅，但是當時應該沒有半個人知道我是阿宅。

我隱瞞了自己是阿宅這件事。當時阿宅還不像現在這麼有人權，大家大致上都隱藏著自己的身分。儘管如此，平常躲在暗處過活的人，一旦遇到同伴，自然就會開心起來。他們會一群同類聚在一起，大聊特聊。就算藏起來，也是一看就知道。因此我從未加入過他們。因爲我在滿早的階段，就意識到自己的性癖要是被別人知道，就等於死亡。我很擅長僞裝，看其他普通男人怎麼表現對女人的興趣，就跟著學起來。

我有這麼做眞是太好了。

畢竟社會上也是發生了各種事件嘛。

我上美術大學，是因爲眞的很喜歡畫畫。

沒打算靠畫圖吃飯，所以修了教師學程，得到現在的工作。

我當時並不覺得像我這樣的人，待在充滿十幾歲少女的環境中會特別危險。當時的我已經有信心可以壓抑自己。

如此這般之後，就是現在這樣了。

廣一坐在隔開臥室和昏暗走廊的門旁，聽著二木獨白，想起兒時讀過的童話。故事是《國王的驢耳朵》。廣一覺得自己變成故事中的那口深井。

「如果有人問我不喜歡什麼，我肯定回答蟑螂。」

二木的聲音從走廊盡頭傳來。

「但要說實話，我在這個世界上最討厭的，就是個人故事。我討厭聽別人的故事，也厭惡說自己的故事。每次談到這類話題的時候，我都會在心裡大嘔特嘔。」

廣一又聽到打火機聲。

「但現在想了想。我這麼討厭，也許就代表其實很喜歡。」

內容近似獨白，語氣如同往常，廣一卻覺得對方情緒有些激動。

才點菸沒多久，廣一卻聽到他在菸灰缸掐熄香菸。隨後二木進了廁所。喀噹一聲，急促地掀起馬桶座的聲音響起。一陣沉默，男人遲遲沒出來。過了一會，廣一聽到夾雜在沖水聲中的細微嘔吐聲。

喂喂，廣一心中一驚。

「那個、你還好嗎？」

廣一幾乎貼在廁所門上喊道。門後沒有回應。他轉向廚房，思索拿水給二木喝，會不會比較好。結果被瓦斯爐旁的菸灰缸吸引了目光。剛來到房間時，還是空的菸灰缸，此時已堆滿了菸蒂。

「你抽得太凶了。」

即使這樣責備，把二木逼到這個程度的人正是自己，這項事實讓廣一坐立難安。雖說原本就是打算折磨二木，不過一旦實際變成眼前狀況，又開始不知所措。

廁所中沒傳出半點聲音。

二木該不會昏倒了吧？

廣一敲了敲門後，門輕輕打開。從打開的門縫，窺看得到二木蹲在地上的部分背影。他的背部因爲呼吸而輕淺地上下起伏，廣一稍微鬆口氣。

「那個，我還是回去好了。」

二木沒回答。廣一猜想他很不舒服。他站到水槽前，拿起擱在瀝水架上的玻璃杯，裝滿自來水。從小小門縫間，把玻璃杯遞給廁所裡的二木。他這麼做，是想減輕罪惡感。

說時遲那時快，廣一的手臂被人從縫隙中緊緊抓住。

「不行。」

二木盯著廣一。他的兩眼熠熠發亮，或許因爲嘔吐泛淚。

廣一表情扭曲。他沒弄掉杯子，但水大多灑在了地板上。

「接下來換你了。」

「你在說什麼？」

「說說你自己的事情。」

二木的要求太籠統。

「你爲什麼現在會做這樣的事情？」

察覺到廣一的疑惑，二木縮小了問題的範圍。儘管如此，對廣一而言，這還是難以回答。二木問廣一現在纏著二木的理由，但連廣一都不知道答案。

「老師不是說過嗎？你說我能揮舞著常識攻擊的人，就只有老師，所以我是藉由老師來紓解壓力。雖然不喜歡被人擅自認定，不過就當是你說的那樣吧。被你說了之後，我也覺得可能是這樣。」

「總覺得不只如此。」

「啊？爲什麼？」

「直覺。」

廣一甩開抓著手臂的手。想到連自己也摸不清楚的心思，卻有人在勾勒摸索，讓他胸中一陣躁動不安。

「不只如此的話，你說還有什麼理由？我是同性戀，所以在跟蹤騷擾老師你嗎？不要你自己是變態，就把別人也當變態。」

「我也覺得不是這個理由，還有別的原因。」

二木站起身，走向洗手檯。他大力轉開水龍頭，洗手說道。

「我記得你說過，你是會進行自我探討的類型。雖然很了不起，不過自己一個人還是有極限。在你不斷進行錯誤的自我修正，對虛假的自己信以為眞前，把別人當成反響板試試看如何？還是說你雖然喜歡看別人的狗屎，卻不想面對自己的狗屎？我是變態蘿莉控的話，你就是偷窺狂大便混蛋。」

你說什麼！廣一的眉毛跳了起來。

「照你這麼說，像你這種平常嘴裡吐不出半句眞話的傢伙，這邊不過是戳了一下，就滔滔不絕地講出一堆問題以外的事情，豈不就是隱性暴露狂？」

二木用毛巾擦乾手，喃喃說「原來如此」。

「我原來是暴露狂，倒是新發現。看，有些事就是要這樣碰撞意見才會明白。」

廣一憮然不語。他原本打算反唇相譏，結果二木裝出一副這麼做大有益處的樣子，來慫恿廣一。他百般鼓勵廣一開口，說到底，應該只是因為討厭只有自己被迫吐露心聲。

然而，把他人用作反響板的說法，雖然有點不甘心，但確實引起了廣一的興趣。

廣一不打算公平對待二木。不過如果說出自己想法，也許能搞懂些什麼。

「……我之所以會找上老師，大概因爲老師是美術老師。」

廣一清了清喉嚨。

「我從小到大就一直被說是個奇怪的人。一說話，每個人都會一臉錯愕。讓我覺得自己大概有點不正常。大家一直這麼說，我想我就是個徹頭徹尾的怪人。我應該矯正自己，這樣才能像其他人一樣感受、思考。儘管如此，在心中某處，還是無法割捨自己的想法也許還不錯的心情。都是大家太平庸了，才會覺得我很奇怪。也許我不合群的部分，其實是好的、有個性之類的……」

廣一講著講著，忍不住感到羞恥。害怕被吐槽反駁的心情，讓他湧起打個預防針的衝動，但還是忍住了。

「美術老師似乎是感性世界裡離我最近的人。我覺得老師會用不同的眼光看待我。但是老師是一個極爲普通的人，讓我有點灰心。就在這個時候，我得知了老師的祕密。原來這個人也不是普通人，那應該能理解我吧，大概是這麼想的。」

「嗯——」

二木揚起苦笑。八成想說，他只覺得廣一是個奇怪的小孩。廣一感到有點受傷，又覺得生氣。別打斷別人的話啦，他想。

「我知道老師想說什麼，不過那是因爲老師只用教師和學生的距離進行觀察。現在不一樣了。」

二木露出試探的眼神。

「也就是說，你想得到我的認同？」

本來這句話應該會讓廣一動怒，但他現在毫無感覺。

「大概……」

「這樣啊……」

二木似乎不太同意，廣一也有同感。

「嗯，雖然感覺不太對，但至少明白了大概的動機。」

原來如此，廣一理解了。二木是想知道要怎麼做，才能得到解脫。

「所以說，你想讓我見識什麼？」

「嗯？」

「你要用你所謂的與眾不同的感性之類的做什麼？」

廣一窘迫不堪。他只希望二木能認同他有「什麼」，但「什麼」具體上是什麼，他從未考慮過。

「照我所見，你應該什麼成果都沒有。不論是畫家，還是音樂家，要憑藉自身感性達成成就，都需要從小訓練。你就這一點來說，已經太老了。說十六歲太老，可不是因為我是蘿莉控喔。就算你現在開始努力，不論是要畫圖，還是要玩音樂，你也得提起畫筆，拿起樂器才行。沒有任何能展示的東西，卻希望別人認同，你也眞是會說笑話。」

「……父母從小就實施英才教育的先姑且不論，這個年紀就有什麼專長的人，應該比較少見吧？」

「對啊，光就這一點來說的話，你很『普通』喔。」

恭喜呀，二木無聲地拍了拍手。

廣一和二木說話，有好幾次怒上心頭。

但這還是他第一次湧起想殺人的念頭。

回過神的時候，廣一正站在路燈下。

抬頭一看，眼前是二木家附近的業務超市。廣一一怒之下就衝出二木的家。這是廣一面對二木，第二次無話可說地落荒而逃。不過這次，與其說是落荒而逃，應該說是因為差點揍人才和對方拉開距離。自制力意外不錯。廣一試著誇獎自己，卻只覺得可悲。

總之，他決定往高中走。懶得用手機看地圖。雖然不太清楚這一帶，不過只要背對著山走，應該能走到學校。到時就能照平常的上下學路線走。這個時間，公車的末班車已經開走了。

廣一走了很長一段路。

二木說他一事無成。

姑且不論要以什麼爲目標，自己的確一事無成。爲什麼一直沒發現呢。想要別人認同自己，自己也理所當然地要做點什麼。

回到家後，廣一沒碰冰箱裡的晚餐，就回到房間。他鋪上只是簡單對摺的棉被，迅速換上睡衣，關燈鑽進被窩。裹著毛巾質地被套的夏季棉被十分舒適，每當廣一在外面有不愉快的事，他總是想著要回到這個被窩。廣一有時會聽人說有心事而睡不著，但自己恰恰相反。不知不覺，只要一難過就會逃進被窩。即使問題沒有解決，他也能呼呼大睡。

然而，與往常不同，睡意沒有出現。母親的聲音在廣一腦中迴響。

廣一很特別。周圍的人之所以有意見，是因爲他們水準太低了。

廣一蜷起身體。認爲自己不普通，就應該有什麼相對的長處，這根本是幻想。廣一有所自覺，自己受到母親的口頭禪束縛。不過即使是幻覺，廣一也如此期望。不然自己就只是個次等品的人類。自己是不是該停止追求幻想，照班長父親所說的，以「小孩子就該像個小孩子」爲目標？小孩子就該有的樣子又是什麼？誰知道那傢伙腦中有怎麼樣的想像？就連是不是努力就能達成的目標，廣一都不知道。正如二木所說，都是因爲自己沒付出任何努力。就連聽流行音樂，變成地球人的特訓也是半途而廢。結果現在聽的還是自己喜歡的音樂，因爲那是想聽的音樂。

簡而言之，廣一想在地球上過得舒適，卻還是想做自己。

不過，「自己」又是什麼？正如二木所說，廣一什麼都不是。什麼都不是的人，怎麼喜歡自己。太遲了，二木這麼說。眞的是這樣嗎？現在就沒有什麼能做的事情嗎？讀書？運動？不論是哪個，聽起來都不對勁。自己是不是只是在逃避不擅長的事情，這個念頭閃過腦中，但並非如此，自己應該還有其他更擅長的事情。

擅長的事情。

廣一從被窩中起身。

你是特別的。這句現今幾乎已經變成母親口頭禪的話，儘管是出自於身爲母親的心理，但她第一次說這句話，是什麼時候呢？

廣一沒記錯的話，他在筆記本上寫下天馬行空的故事，展示給母親看，是一切的開端。

爬出被窩，用爲了躺著也能關燈的長長拉繩，打開房間的燈光。他跪著挪動身體，移動到壁櫥前。拉開門，把紙箱一個接一個放到榻榻米。收在最裡面的紙箱，由於頂部紙箱的重量而有點變形。廣一的身體探進壁櫥，留心避免被粗糙的膠合板尖刺刺到手掌，一邊用勉強的姿勢，拉出裡面的紙箱。

打開紙箱，裡面的東西伴隨著老舊紙張的味道，出現在廣一眼前。裡面裝滿以前各式各樣的東西，彷彿在說收東西的人沒有「沒用的東西就丟掉」這個觀念。

裡面裝著小學、國中時期的課本、收在紙筒內的畢業證書，以及豎著塞進縫隙中的筆記本等。筆記本不是學校用的筆記本，而是廣一拿來在家裡塗鴉用的全白筆記本。他拿起一本線圈式的筆記本，翻開封面，過去的記憶頓時隱約浮現腦海。

筆記本裡頭的內容，是用小孩笨拙的字跡和詞彙寫下的故事。

廣一翻閱內容，幾乎遭到遺忘的記憶缺隙被逐一填補。故事的趣味和童言童語，讓他的嘴角不禁微微抖動。

翻開一頁又一頁。隨著他讀下去，就愈來愈缺乏眼前故事是出自自己的實感。

翻閱時掛在嘴邊的苦笑，在他準備翻開第三本筆記本的時候，已經消失了。他不知道自己臉上究竟是什麼表情。起碼當時的廣一，已經分不出神去意識到這一點了。

6

小時候，除了那些隨手寫下讓媽媽讀的故事，廣一沒有寫過什麼文章。最多就是讀書心得吧。

寫在筆記本中的故事，其實大多不完整。

換句話說，這是廣一第一次在某種程度上，嘗試完整的書寫。

廣一讀到以前寫在筆記本上的故事，想到要寫小說，來證明自己有「什麼」。

他認爲自己寫文章的能力很不錯。

當然，這是以一個孩子的作品來評比的結果。不過他從小到大就經常閱讀，甚至到了閱讀字數遠比和人說話字數多的地步。因此儘管粗略，但小時候的自己似乎憑感覺抓到寫故事的方式。面對眼前長久以來遭到遺忘放置的作品，廣一有自信可以對自己的故事不帶偏袒地，以客觀的眼光審視。

廣一並不覺得自己有高人一等的文采，但他認爲在自己所有能力當中，數值最高的應該就只有這一項。

因此廣一要寫小說。不過儘管他覺得自己是選了符合邏輯的方法，來向二木爭口氣，但當他以學校功課爲藉口，撒謊向母親借來筆記型電腦，坐在桌前的時候，他又覺得一頭熱往前衝的自己，也許根本就是個單純的笨蛋。「田井中開關」這個綽號，雖然很不甘心，但確實取得很貼切。

話雖如此，要寫什麼還是個問題。不過從想到寫小說的那一刻起，他就有一個簡單的想法。只要寫自己想讀的東西就好。廣一非常清楚現在想讀的故事是什麼：一個廣一希望如此發展，卻未能成眞的故事。

如果在成果發表會上，向學校抱怨「爲什麼我的孩子演村民B？」和「戲分太少了」的家長叫怪獸家長，那麼廣一大概十分接近這個概念。

廣一是「約翰」的怪獸家長。

約翰是出現在「綠色小說」中的男人名字。他總是在小說中被嘲笑，每當他做出一些蠢事，主角就吐槽他。最後他在故事尾聲的一場槍戰中輕易死去。廣一不會說角色不可以死，但至少在角色處理這層意義上，他希望故事能給點救贖。即使只有一行描寫，可以爲筆下的角色增添深度，廣一想來都不會這麼充滿怨念。

廣一想寫他的故事。

廣一決定立刻著手寫故事，不然他一鬆懈，只怕又會因爲缺乏自信而寫不下去。

當廣一在電腦螢幕上輸入第一行字時，他有一種近乎確信的預感。他覺得可以寫好。開頭只是把閃過腦海的景象，直接付諸文字而已，但馬上就能接二連三地聯想到接下來的情景。儘管從未嘗試編織，不過依他所知，要繼續編下一排的時候，應該是把棒針勾著前一排的針目拉長。思考故事時，想像的推進方式，就和編織十分類似。只要把當下這一排編好，再把棒針穿過下一排的針目，就能編下一排。不需要的針目只要收起來就好。

按照這個做法，到後面會遇到問題。因爲故事緊密相連，所以很難重寫。剛開始寫下筆，廣一還欣喜若狂，以爲發現了才能所在。但睡過一覺，回頭再看的時候，卻會發現有些場景寫得太糟，讓他甚至納悶，昨天自己判斷力怎麼會差到覺得沒問題。覺得很有趣而寫下的部分，其實一點也不有趣。以爲很有說服力的動機，邏輯根本說不通。認爲妙不可言的表現，仔細一讀卻偏離意思。要把努力想出來，灌注心血的文章砍掉重來時，最讓廣一感到痛苦的，是寫得很順的時候構築出來的文脈。已經寫了一堆之後，卻想不到只改漏洞、不動故事其他情節的方法，最後只好連漏洞附近都整塊拆掉，重新編織。

即使如此，廣一還是繼續寫。他一從學校回家，馬上就坐到電腦前。就連上課中，也會在筆記本上寫下後續。不知爲何，上課的時候總是寫得特別順，讓他更加相信「想做其他事情激素」的存在。

故事開始於約翰生命的最後一天。午夜時分，約翰被電話聲吵醒。奇怪的是，他在手機上找不到來電紀錄。他的結論是，他夢見父親去世那晚，半夜接到訃電的情景——

廣一寫了又刪，刪了又寫。在不斷重複的同時，廣一筆下故事的字數逐漸增多。

星期一的早上，距離廣一被二木說「什麼都沒有」，大約過了一個月後，他終於在句子的結尾，輸入結束故事最後一幕的句點。

從書桌前站起身，伸了個懶腰，上半身靠在對摺的被褥上。他閉上眼睛，抱著不到一小時也好的想法，試圖瞇一下。然而興奮感卻讓他難以入眠，廣一領悟到這一點，於是又在電腦前坐下來。

他一遍又一遍地重讀剛寫好的故事。

最後，廣一從書架上拿出了原作的「綠色小說」，比較兩者故事。他甚至覺得，自己的作品搞不好能與作家的作品一較高下。

他這份巨大的自信，到了明天，想必就會消散殆盡。

懷抱著這樣的預感，廣一依舊望著螢幕。

7

故事印在紙上變成稿子，是在廣一寫完的三天後。

廣一考慮過是否該再刪改一番，但重複讀太多遍，已經無法判斷何處需要需要修改。有些地方也許在打磨後能變得更加璀璨，但另一方面，也可能失色。廣一抱著與其改壞，不如一不做二不休的念頭，把檔案傳送上便利商店的雲端列印。

當他第一次在便利商店的多功能事務機前，拿起印出來的紙時，對手中又薄又輕的稿子感到有些氣餒。故事約三萬字，廣一原本抱著寫短篇小說的主意動筆，但到最後，卻覺得自己寫了不少字。沒想到一旦印成紙本，稿子比想像中還薄。

他把用釘書針釘好的稿子收進書包。明天拿給二木看吧，不知道會有什麼反應？

完成故事當天的廣一情緒高漲，而要把稿子拿給二木的前一天，卻判若兩人似地無比焦慮。他擔心走到這一步，反而遭到嘲笑。什麼都不拿出來，廣一在二木心中，至少還可能是一個未知數；但拿出來的話，二木就會清楚他多少斤兩。即便如此，他也不想被認爲那天二木說中後，仍舊不事努力，毫無長進。廣一努力過了。唯有這一點，毫無疑問是正確的。廣一不想把這份努力當沒發生。

最重要的是，打從出生以來，廣一說不定第一次能讓他人認可自己。這份希望，正寄託於這個故事上。

第二天，所有課都結束後，廣一去了美術教室。

幸好，他要找的目標確實在此。

二木就在黑板旁的老師座位上。他彎著背，坐在筆記型電腦前，握著滑鼠。他維持這個姿勢抬起視線，望著走進房間的廣一。

「請問，現在有空嗎？」

二木臉上既不是他平時在學校戴的面具，也不是和廣一對峙時的神色，而是兩邊都說不上的表情。距離上一次廣一像這樣和二木兩人獨處，已經快要一個月。二木很明顯在觀察廣一打算怎麼出招。

「我待會有職員會議，長話短說。」

二木像是有所提防，口氣相當不客氣。實際上，他內心應該很戰戰兢兢。畢竟一段時間沒來纏他的煩人對手又陰魂不散地出現了。廣一走到二木身邊，從書包裡拿出稿子，塞到他面前。

「這是什麼？」

二木沒接過稿子，而是詢問廣一。

「你還記得你對我說過的話嗎？」

「不太記得。」

這句回答讓廣一生氣。這種事永遠都是聽者有意。廣一連忙清了清喉嚨，嚥下怒火，以免聯想起其他類似回憶。

「你說爲了讓人認可自己的感性，必須用某種東西來表達它……」

雖說爲時已晚，不過廣一忍不住擔心起自己擷取的意思是否正確。不過二木揚聲哦一聲，像是想起什麼，讓廣一鬆了一口氣。他將稿子放在筆記型電腦的鍵盤上。似乎正在輸入什麼的電腦，響起「嗶」一聲電子音。二木困擾地拿起稿子。

「小說？」

「是的。」

「你以前寫的？」

「沒有，第一次寫的。在這一個月內。」

廣一回答的時候，刻意強調了「第一次」。二木發出一聲「哇喔」，明顯表現出退避三舍的態度。廣一皺起眉頭。這有必要這樣反應嗎？他困惑地想。

「我還想說你這陣子怎麼這麼安靜，原來是在專心忙這個，原來如此。」

「請讀過，然後給我誠實的意見。老師你有讀這份稿子的義務。」

「義務啊。」

二木翻著書頁道。廣一看著他讀完第一頁，內心七上八下。結果二木突然跳過中間，直接翻開了最後一頁。

廣一急忙從二木手中搶過稿子。

「喂！你幹麼突然看最後一頁？」

「沒有啦，我想知道故事有沒有寫完。」

「有寫完，故事有完結，請你好好依照順序讀。」

「好吧。不過，就像我剛才說的，我接下來要開會。所以我會把故事帶回家讀。我讀書比較花時間，感想可能沒辦法太快給。」

廣一手裡拿著稿子，盯著二木。二木經常讀小說這點，只看過他家的書櫃就知道。愛讀書的人讀書速度慢，也許並非不可能，但以二木來說，廣一認爲是胡說八道。

此外，更讓廣一不爽的是二木的讀法根本無法讓人放心。絞盡腦汁寫出故事，可不希望被他那樣對待。直接跳到結局根本不只是趣味半減，而是在糟蹋廣一的創作。

「快拿過來吧。不想給人看的話，我也無所謂。」

廣一無視二木伸來的手，開口說道。

「我要老師在我的面前讀。」

二木露出不勝其煩的表情。

「我可沒空。」

「你什麼時候有空？」

二木從廣一身上別開視線，像在思考似地用食指敲擊桌子。廣一不知道他的思慮，不過一想像起，二木此刻說不定正想把死纏爛打的對手，從兩人所在的三樓窗戶丟出去，他就感受到類似面對準備咬人的貓，卻把手伸到牠頭上的刺激感。

咚咚，敲打的食指漸漸慢了下來。手指動作愈變愈慢，令人聯想到運轉的機器停下來的樣子。當完全停下，二木張開了嘴。

「或者說，你晚上什麼時候能出來？」

廣一不禁懷疑起耳朵。二木說要在晚上見面，也就是說在學校以外的場所見面。他理解二木不想在學校碰面的心情，但很驚訝從他口中聽到這樣的提議。

「呃……我現在不知道。除了我媽上夜班的日子，很難出門，我得確認班表才能告訴你。」

「這樣啊，知道了就告訴我。」

二木操作連接著充電器的手機，放在桌上。畫面上顯示出包含聯絡資訊的ＱＲ條碼。

「我先聲明，沒事別聯絡。」

不管二木怎麼說，廣一都能為所欲為，不過他還是點了點頭。廣一讀取聯絡資訊的時候，二木將關上的筆電和捆紮在一起的線材，收進材質吸震的電腦包裡，隨後站起身。他拿回手機，便提著電腦包，走出美術教室。

二木老實得讓廣一茫然無措。

二木是知道，廣一決定好事情就不聽勸，所以直接進入不無謂抵抗的節能模式嗎？令人毛骨悚然，廣一想。自從威脅二木之後，廣一時不時就會想：一個這樣年紀的大人，面對這個情況，會半點辦法也沒有嗎？自己確實占了優勢，但廣一從未感受到自己比二木厲害。二木苦著臉卻依然甘於現狀，是不是因為另有盤算呢？如果是這樣，對於自己的要求，他又會容忍到什麼程度？

廣一在空無一人的美術教室中，坐在桌子上。

算了，他在心裡嘀咕。至少目前自己的命令還管用。反正廣一也不是要求一百萬元，或是叫二木裸體在附近奔跑，對方的脾氣想來還能忍耐一段時間。

那晚，廣一問起站在廚房準備晚餐的母親。

「對了，妳下週晚上哪天會在家？」

理所當然地，廣一不是問母親什麼時候不在家，而是問什麼時候在家。想知道父母什麼時候不在家的話，怎麼看都很可疑。

廚房傳來母親的喃喃自語。

「休息、日班、大夜、日班、小夜……」

她大概是一邊掐手指，一邊回想班表。

「下週我大概都在，除了週四。你爲什麼問這個？」

和二木碰面的日子，就決定是週四了。廣一一邊想著，掰理由向母親解釋。

「想說久違到外面吃嘛。」

「你想吃什麼？」

「肉。」

「什麼肉？」

「牛肉。」

「那剛剛好。過來這邊，幫忙裝菜。」

廣一聽話地走進廚房。在家做飯時，裝菜和洗碗都由廣一負責。一個壓力鍋放在瓦斯爐上。廣一按步驟打開鍋蓋，隨著冒出的低壓水蒸氣，褐色帶有光澤的肉出現在眼前。

「滷豬肉？」

「這是醬燒牛肋骨。」

這是廣一首次看到的料理。母親不太常更新料理品項，而且牛肉也不太在家中菜單上登場。根據母親所說，牛肉價格昂貴，但營養價值不如豬雞，有什麼好？

「看起來很好吃。」

「最近你不是一直在熬夜用功嗎？想說你終於開始認真讀書，值得誇獎，所以就做了這道菜當作獎勵。」

用假借作業名義說謊借來的電腦，連期中考期間都在寫小說的自己，實在是個不像樣的兒子；不過高中生的兒子拿著電腦，直到深夜都還在敲鍵盤，卻還眞的相信兒子是在準備功課的母親，也實在是個令人傻眼的母親。或者說，母親其實看穿自己沒在用功，而是在做別的事情，故意說反話嗎？廣一盯著盤子上顯得無比柔嫩的肉，吞下並非出於食慾的口水。拿話中帶刺和含沙射影當絕活的，只要有二木一人就夠了。

廣一將鍋裡剩下的肉塞進保鮮盒，放進冰箱，清理完滿是油污的碗盤後，便向二木敲下訊息：週四晚上能碰面嗎？

廣一洗完澡後，終於收到回覆。上面只寫著：晚上七點以後在家。

二木到底有什麼心境變化呢？廣一樂於當不速之客，一旦受到邀請，他卻忍不住疑神疑鬼。不過只要二木能好好讀過他的故事，說出感想，不論地點在哪裡，廣一都無所謂。

8

約好日子的當晚，廣一在外婆家吃過晚餐，就騎著腳踏車前往二木家。

從放在前方車籃裡的托特包開口，可以看到裝在透明資料夾中的稿子邊緣。期望和恐懼導致胃和心臟不規則地受到擠壓。這次說不定換自己在廁所裡嘔吐，廣一這麼想，將腳踏車停在二木公寓旁邊。

當他按下對講機時，屋內傳來聲響，隨後門開了。二木房間的氣味飄散而出，穿著七分袖T恤和家居褲的二木從裡面現身。

「那個……」

「快點進去。」

二木用低沉的聲音急促說道。廣一在催促下，迅速溜進玄關，結果踢到東西，發出了很大的聲音。仔細一看，原來是裝著大量空罐的垃圾袋。

二木的房間比他上次來的時候更亂。

電腦桌上有飲料罐，旁邊是亂七八糟的書和文件。放在中央的那台巨大方形機器上，塑膠製的畫筆被隨手擱在上面，彷彿剛才正在工作中。之前井然有序的書櫃，如今在排好的書堆前也堆放著許多其他的書。占據房間面積比較大的大書櫃，一旦變得雜亂，房間印象就大不相同。廣一甚至覺得空氣有點污濁。

該不會，現在就是所謂的漫畫家截稿前的樣子嗎？

廣一決定不問。問了也是自找麻煩，更何況是二木自己叫人來家裡，廣一無須在意。

二木在電腦桌前的椅子坐下。露出一副「所以呢？」的表情。廣一把托特包放在地上並取出稿子，遞給二木。

「我先解釋一下。」

「好。」

「這故事有原作，但故事不是抄襲。我不太會說，不過你可以想像成我寫了一篇衍生作品，我喜歡的作品中最喜歡的角色，會在故事中登場。」

「也就是所謂的二次創作嗎？」

這算嗎？廣一在網上尋找二木同人誌的過程中，得知了二次創作，也就是對受版權保護作品的非正式仿作。例如，漫畫《龍珠》的粉絲未經著作權人許可，創作了主人公孫悟空的插畫、漫畫或小說，則該作品屬於二次創作。

「原作是什麼？有名的作品？」

當廣一以「綠色小說」的正式標題回答時，二木說不知道。廣一清楚自己寫的是仿作，然而一旦被重新歸類爲二次創作，眼前的稿子突然看起來像是個性陰暗的消遣產物，讓一陣尷尬襲上心頭。也許現在應該從二木手中取回稿子。他甚至覺得，這是後悔給二木看的未來自己，所給出的命令，不過還是忍住了。當被稱讚的期望和會丟臉的預感起衝突時，廣一認爲自己總是選擇期望。就像在問「A或B」時，廣一獨自爲「B」舉手一樣。

拿著稿子的二木連同椅子轉過身，將稿子放在桌上的機器上，捏著紙張邊緣，開始讀起第一頁。過了一會，他翻到下一頁。背脊愈來愈彎，已經進入認眞閱讀模式。

廣一在地上的坐墊落坐，不禁擔心起二木的反應。但從默默閱讀的背影中，他看不出感想。唯一線索就是他翻頁的手勢。廣一的心情隨著他的動作是快、慢、仔細或是粗暴而跟著變化。

「故事是照原作走嗎？」二木翻開下一頁詢問。

「是的。主角約翰是原作中的配角，他中槍死去，沒有任何內心描寫。我寫的故事，就是那個角色死去那天的故事。」

廣一看著二木還沒讀完的頁數厚度。

「應該已經有橋段暗示著他會死。」

「確實。」

「約翰會照原作死去，但我想寫出他眞正的想法。我不會更改原作這個正史，只用安想補上故事的留白。」

對於廣一的解釋，二木只是喃喃說了聲是嗎，動了動左手手指。紙張的邊角被摺起來，二木拿起桌子邊緣的紅筆，毫無預告地在稿子上寫了點什麼。

廣一抿了抿唇。他沒想到二木會認眞地當起「紅筆老師（註）」，但寫下的絕對是批判性的內容，寫得不好的到底是哪邊呢？

說起來，二木會給出公正的評價嗎？愚蠢的是，這是廣一從開始寫故事以來，第一次想到這個問題。二木明顯討厭自己。既然是討厭對象的作品，感覺自然會無視實際感想，大加批評。另一方面，爲了避免惹惱威脅自己的人，猛力誇讚也是大有可能。不論哪一種，都與廣一想要的評論背道而馳。

心情被這種懷疑弄得心煩意亂。如果再繼續盯著二木的背影，不開玩笑地說，自己可能眞的會吐。他坐立難安地環顧房間。二木應該還需要一段時間才能讀完。廣一望向占據半壁以上的兩個大書櫃。他想找刊載著二木漫畫的漫畫雜誌。上次來，雖然雜誌到手，廣一卻衝出房間，結果還是沒能看到上一期的雜誌。同人誌漫畫雖然排列在視線的高處，但書櫃上找不到雜誌。最下面收納大開本書籍的格子，也只放著美術相關的厚重書籍。

「老師。」

「什麼事？」

「等的期間，我想看看那本雜誌的上一期，書在哪？」

二木手中的紅筆隨著塑膠發出的吱吱聲，在紙上滑動。他出聲回答。

「哦，那個的話，我收到裡面去了。」

聽到二木說裡面，廣一將上半身扭向身後，看向了衣櫃門。說起來，第一次踏進玄關時，先進臥室的二木，似乎在這一帶偷偷摸摸地做什麼。

「我可以打開嗎？」

廣一姑且出聲詢問。如果裡面只有那本雜誌，也就算了，但如果他藏了一些平常使用的成人玩具，他可不想看。廣一伸手按在衣櫃門上，等待二木的許可。

就在這個時候，身後傳來一聲短促的斥責。

「別碰。」

彷彿要用聲音拍掉門上的手，這句話的語氣顯得相當嚴厲。

回頭一看，坐在椅子上的二木轉過身，握著筆的拳頭留在了桌上。他皺著鼻子，抿緊嘴唇。臉上的嫌惡強烈到不像二木。

「……裡面要是有什麼不妙的東西，我也沒打算看。老師可以去拿雜誌嗎？我會把頭

註：赤ペン先生。通信教育的居家指導員。會替寄來的答案批改打分數，並附上評語。

轉開。」

二木至今為止的態度很難說是順從，不過還是第一次這麼直截了當地說「住手」。廣一感到驚訝，猜想他可能藏了一些不想讓人看到的物品。二木盯著某一點，用像是要吃人的視線，注視著廣一放在衣櫃上的手。

廣一對二木難得沒有餘裕的樣子嘖嘖稱奇，同時順從地把手從衣櫃門上收回來。今天多少給點尊重吧，畢竟接下來還要聽他的評價。

離開門後，二木依舊盯著廣一的手。最終他似乎整理好心情，閉上眼睛，深深地吸了口氣。看到二木剛才一動也不動的肩膀，此刻隨著呼吸一同垂下，廣一才意識到二木緊張到停止呼吸。

二木如此誇張地鬆了口氣，廣一對衣櫃裡的東西產生了興趣。他一邊想像著各種可能性，一邊端詳二木。二木像是要回神似地用一隻手抹了抹臉，然後用手掌摀住嘴，眨了眨眼睛，似乎在思考什麼。廣一繼續觀察時，和二木的視線相遇了。二木終於察覺到緊貼在自己身上的視線，煩躁地甩了甩頭後起身。

「我是不知道你腦袋中在想像什麼。」

他一邊說著，一邊走向廣一。

「裡面沒什麼有趣的，你自己看。」

咦？當廣一反應過來時，二木已經自暴自棄地打開衣櫃門。對開式的衣櫃門內，正如二木所說，只有掛在吊桿上的衣服和小五斗櫃，以及一個疑似裝著雜誌的收納箱。

二木從箱裡取出一本雜誌，遞給廣一。封面上繪有身著浴衣的少女插畫。正是他所熟悉的那本雜誌。

「你要不要乾脆檢查裡面所有內容？」

二木用下巴指著收納箱，臉上的表情就像是在冷冷地審視眼前的粗魯小孩。就某種意義上來說，算是回到他一如往常的表情。廣一胸中冒出納悶。他狐疑地接過雜誌。如果二木藏著真的到犯罪程度的兒童色情片，或真人大小的女孩型性愛人偶，那廣一還能理解，但情況並非如此。廣一完全想不通，二木到底是對什麼起了這麼大的抗拒反應。只把自己的作品收進衣櫃也是個謎。

但是更難以理解的是，當廣一碰上衣櫃門時，二木表現出來的反應。

那一刻，二木臉上露出了至今以來最受傷的表情。

二木回到桌前繼續讀稿子。廣一在他身後，打開放在盤起雙腿上的雜誌，一邊思考。

就算沒有任何不可告人的事情，家裡的東西如果被人隨意碰觸，不論是誰都會感到不愉快。不過二木的反應已經到厭惡的程度，簡直就像私人領域被人隨意踐踏侵犯，不過事到如今，還會因為這種事而火冒三丈，廣一總覺得有點嫌晚。

話雖這麼說，他也清楚有些區域就是不想被人觸碰。因為自己的情形是身體區域，所以可能意義上和二木不一樣。不過例如，廣一不擅長被人摸頭。不知為何，從小到大，只要有人摸自己的頭，廣一都會有一種極癢的刺痛感，讓他變得莫名暴躁。他定期會去車站前的理髮店，但是打理頭髮的期間，實在是痛苦難耐。自己的手還好，別人的手無法預料動作。每次都要花很多力氣來忍耐。

不過，討厭被人碰頭，除了這種身體上的不適之外，還有別的理由。

每當別人的手在頭上，一陣麻癢的頭皮之下，就會浮現很久以前，在那次生日聚會上，班長父親把手放在自己頭上時的事情。

那隻手溫暖有力，感覺就像父親，卻半點不認可自己的本質。比起班長父親，廣一覺得更不能原諒自己沒有拍開那隻手。當時的他，正應該像剛才的二木一樣，說出「別碰我」。說出口的話，他就不至於到現在都還耿耿於懷了。

廣一將目光投向了上上個月那期的雜誌內頁。

上面印的是「GAJIZO」的漫畫扉頁。有著棕色長馬尾——雖然是黑白畫，不過貼著網點的那頭頭髮，廣一認為是棕色——的女孩，笑著用手比出愛心。她穿著類似舞台服的服裝，應該是偶像歌手。他望著二木伏桌的背影，想著二木說不定是把那個在下北舉辦現場演唱會的偶像歌手，投射在女主角身上。這麼一想，廣一就覺得自己也不是不能理解，二木以前為什麼叫他要看就在別的地方看。雖然當事人現在似乎已經放棄，不再堅持了。

即使翻開扉頁，廣一也無法專注於內容，可能因為之前的事件還有影響。二木全神貫注於稿子。他在露出那樣的表情後，馬上就恢復了態度，讓人有點不安，就像沒人告訴自己到底哪裡出錯。就在廣一煩悶地翻頁時，二木從椅子上起身。

廣一手腳撐在地板上，從臥室的入口看著手拿稿子，走向廚房的二木。二木吐了口煙後，又從稿子的第一頁，按頁碼迅速看下去。看來他已經讀完了，也許正在腦袋中整理要說的話。二木讀完了他的作品，一意識到這一點，廣一頭上的陰霾就被吹散了，相對地心臟開始怦怦跳。

一再重讀，二木很快又點燃了第二根菸。吸菸有加速頭腦運轉的效果嗎？換氣扇無法完全排掉的煙霧飄向廣一。廣一聞著味道不禁皺眉，但還是忍不住想探頭確認二木的反應。就在這個時候，二木蓋上了稿子。

「我讀完了。」

他說完後，熄掉香菸，回到了臥室。

「……怎麼樣？」

以權力關係來說，廣一應該居上，然而此刻二木卻是絕對的存在。二木的房間裡只有一個靠墊。導致廣一和再次坐回椅子上的二木，剛好形成二木居高俯視廣一的構圖。

廣一坐在地上，抱著膝蓋，等待二木的評語。從開始寫故事到現在，廣一的期望逐漸變低。從一開始想用自己不爲人知的才能，讓二木讚嘆不已，到希望二木能在自己身上看到一些強處，最後再到只要二木認可自己寫故事的毅力就好。至於現在，廣一已經只是單純希望，能從二木口中聽到眞實的評價就好。

他與二木對視。二木望著廣一的臉，微微一笑後移開了視線。廣一相信自己的臉上，此刻一定是充滿殷切。

「老實說，我很驚訝。」

「哦。」

二木用嚴肅的聲音，對一臉茫然的廣一說道。

「你寫得很不錯。」

廣一短促地吸了口氣。有著熔岩般熱度和黏性的東西從身體中心緩緩落下，並在落進腹部一帶的時候，瞬間綻放。

「眞的是你寫的？」

廣一默默地連連點頭。雖然被懷疑很困擾，不過想必算是一種正面評價。

這樣啊，不，眞是驚人。二木說著，翻開稿子。

「首先，我對你的寫作能力之高感到驚訝。這個故事完全能作爲獨立的故事成立。當我聽你說是衍生作品時，老實說，我以爲沒看過原作的人會無法進入狀況。你的文章不帶說明感，卻能讓人明白故事背景。例如，在開頭的這裡。」

二木指著開頭的句子。句首用紅筆寫了一個雙圈。

「你寫了主角在睡覺的時候接到一通電話。透過他比一般人更討厭在奇怪時間響起的電話，讓讀者知道主角過去失去了一個重要的人。在職場的談話中，不經意地說明現在發生的事件大概，同時透過台詞與內心描寫的差異，表現出乍看很輕浮，事實上個性沉穩的角色。也能看得出來他在同事之間，處於金字塔的底層……自然流暢地帶出必要的訊息，讓人很容易進入故事。」

二木似乎完全不受剛才事件的影響，用輕快口氣說明。廣一用褲子擦了擦手心因爲高漲情緒而冒出的手汗。

「故事結構也不錯。在早期階段就暗示的父親祕密，能夠吸引讀者往下看。」

二木翻開位於中段，摺了邊角的頁面。

「在這裡揭露過去，讓讀者明白他的動機，一路讀到最後。這個做法出色，讓我很佩服。雖然剛剛光說技法的事情，不過還有另一點，就某種意義來說，令人有點難以置信是你寫了這個。」

落進腹部的團塊燃燒起來，肚子已經變成猛烈產生快感物質的反應爐。廣一感到頭暈目眩，地板感覺軟綿綿的。他沉浸在這種感覺中，開口回問。

「在另一種意義上令人難以置信是什麼意思？」

「這個故事很溫柔。」

「……主人公最後還是死了。」

「我相信這就是他在這部作品世界中的職責。我不知道原作中是如何處理，但我相信作爲一個角色，能被人寫得這麼深入，他應該也會瞑目吧。至少我讀了這個之後。我不會覺得他就像他的同事在故事中所說的那樣，只是個小丑。你把這個角色寫得很有魅力。」

這句話輕而易舉地，突破了廣一體驗過的快樂上限，遠遠超過小時候被母親誇獎的喜悅。二木的評價不會有家人的加油添醋，更有眞實感。最重要的是，廣一想讓約翰發光發熱的初衷成功了，這讓他無比欣喜。

「只是——」

二木把稿子拿遠。

「有一些不好的地方。」

因爲剛才受到讚美而敞開心胸，這句話直直地刺中廣一心底柔軟的地方。欣喜得不自覺地離開地板的廣一，把屁股落回墊子上，抬頭望向二木。

「文筆基本上不錯，但有些句子太饒舌。有些地方，我不知道述語是表現哪個主語。就我所見，故事沒有出現錯字，在幾頁內也完全沒有重複的詞語，看得出應該修改過不少次。如果基於這點，以此作爲標準，就不得不說還有一些不自然的地方。另外，兩人以上的對話場景，很難分辨是誰在說話。往下讀的話，是可以知道是誰的台詞，但這在讀者的感覺上會造成時間延遲。爲了讓讀者能馬上在腦內浮現場景，即使是讀到後面就能明白的事情，最好都提前寫出來。類似寫出是誰說了這句話，或者透過文脈，讓讀者明白是哪個人物在說話。」

二木清了清喉嚨。

「嗯，關於文字能力的部分大概是小事，我更在意的是你的習慣。」

他翻動稿子。

「無意義的比喻太多了。選擇正確的表達方式，來傳達你需要表達的東西。你的寫法完全忽略了最初的目的，總是優先炫耀你可以做出如此巧妙的表現。讀起來很煩。營造氣氛當然很重要，不過如果只是想炫技，大可不必。」

廣一的臉一陣發燙。

「而且你好像有一種傾向，喜歡用莫名裝模作樣的講法作結。尤其是最後一句話，讓整個故事看起來很廉價。就是這邊：『而這一點，大概是對每個人都一樣的。』」

廣一本想靜靜聆聽。因爲二木不只誇獎，還確實指出不行的地方，證明他是在評論。不過對於他剛才所說的，廣一想反駁。

「……是這樣嗎？我是打算用這句來講出主題。」

「我認爲這應該是讀者自己要從故事中汲取的部分。」

也許確實是這樣，廣一認同的同時，也有無法老實承認的心情。不是因爲被批評，畢竟來到這個房間的時候，他就已經有這個程度的覺悟了。廣一之所以感到很不快，是因爲二木的遣詞似乎有點惡意。炫技，或是裝模作樣之類的，大可不用這種講法吧。

「雖然老師畫的是漫畫，但對小說了解眞多。」

「我在分鏡的時候，也需要考慮到很多。啊，分鏡指的是類似漫畫藍圖的東西。」

「畫色情漫畫，哪還需要想這麼多？」

「當然需要。」

二木說得很肯定。

「因爲色情漫畫需要很精簡啊。」

誰知道啊，廣一心想。文字和漫畫是不同的。廣一望向二木的書櫃。上面排了很多平裝小說。終究不過是有讀一點小說的人，根本不知道寫小說的人在思考什麼。這就是所謂的旁觀者清吧。廣一原本想這麼說，卻還是住口了。他可不想讓自己看起來更像不服輸的小配角。廣一第一次有了想要維護的矜持。

廣一不能否認語氣有點不情願，但至少他道謝了。這是他的矜持。人類低頭的原因，就與狗試圖爬到彼此身上的原因一樣，眞是複雜。

「……謝謝。」

二木眞的很擅長讓人心情微妙。他評論的順序是先高高捧起，再重重摔下。先用恭維降低防禦心，然後對毫不設防的身體，連連給出批評的重擊。一開始說難以入耳的話，會讓人提高警惕，攻擊也會沒辦法完全生效。以廣一平時對他的所作所爲，多少的報復行爲也是在所難免。只是想到二木藉由評論來報復，就讓人一肚子火。話雖如此，評論的內容倒是符合廣一希望的坦率意見。

廣一抬起臉，抓起二木膝上的稿子，打算收回來，但二木不肯鬆開。他皺眉盯著二木，想知道是不是還有什麼事情。二木在胸前搖搖稿子，開口說道。

「所以說，你接下來打算怎麼處理這份稿子？」

廣一用生硬的表情，轉過頭。

「我不打算怎麼辦。」

這是爲了讓二木刮目相看而寫的小說。雖然被嘲諷了，但也讓他說出「我很驚訝」。就結果來說，已經完全達成目的。

「重寫一遍吧。」

「啊？」

「我盡可能給了我的建議。」

二木用手指輕敲稿子的封面。

「不要，這樣做也沒意義。」

「就這樣的話，太可惜了，明明可以變成更好的作品。」

廣一對二木的話大皺眉頭。他總覺得兩人的對話沒對上電波。

「我就說，就算繼續修改也沒意義，畢竟我已經心滿意足了。」

「修改能讓人學很多喔。」

「所以說——」

學很多也沒意義，原本想這麼說，卻閉上嘴巴。因爲他發現二木眼神突然變得冰冷。

「這樣啊。」

二木移開視線說道。

「不想也沒辦法。如果是擅長的事情，人自然而然就會想繼續做。」

「……我不是姑且寫完一個故事了嗎。雖然還不夠好，但我不覺得不擅長。」

「正好相反。你很擅長。但如果你維持初稿這樣，就甩手不幹的話，以關鍵的部分來說，你還是不擅長。我不會要求你完全按照我的建議來改，你只需要用你的感性來判斷，採用你認爲好的建議就好。」

「到底是怎麼了，你怎麼突然這麼熱心指導，像個熱血教師。」

「因爲我眞的認爲很浪費。」二木嚴肅地說。

「像你這樣的人有很多。本來就很擅長，但不求改進，老是帶著壞習慣畫圖的人。我先說在前頭，光是現在這樣，我是不會認同你的。不求解決問題的人，依舊是失敗的人。」

二木斬釘截鐵的一番話，讓廣一啞口無言。二木和廣一的對事態度高下立判。廣一盯著放在膝蓋上的拳頭。寫完故事，得到誇獎，他根本沒想過接下來該怎麼辦。

看來自己似乎還是有點專長。這是廣一渴望已久的事情。他細細品味這一點的同時，剛才暖意的熱度再次復甦。

「我改寫後會更好嗎？」

「當然，絕對會。」

二木發出鏗鏘有力的聲音。

「……我有才能嗎？」

「你眞貪心啊。」

二木的調侃語氣讓廣一又陷入沉默。二木笑了。

「你大概有百中選一程度的才能，不是以寫小說的人來說，而是以全世界為分母的比例。不過你覺得有多少人會眞正行動？既然如此，就只剩下寫還是不寫的問題了。」

「我又不是有什麼目標之類的。」

「但當你在寫故事的時候，不是很樂在其中嗎？」

「嗯，確實啦。」

「人在投入能發揮自己才能的事情時，就是會變成這樣。人就是這樣的生物。」

順便問一下，二木說。

「爲什麼標題是〈綠色〉？」

這是廣一給自己作品取的名字。

「就我讀到的情節而言，我不明白這個標題的原因，所以有點納悶。如果我看過原作，就會明白原因嗎？」

「不，我覺得老師就算看原作，大概也看不出來。單純只是因爲我看到原作的標題，覺得很綠而已。」

二木似乎不太能接受，這也是理所當然。一般來說，「綠色小說」實際的標題並沒有使用讓人聯想到綠色的詞。

「原標題寫的是〈血的〉，所以要聯想的話，難道不是紅色嗎？」

「在我的情況下，和大家聽到葉子或蜥蜴會想到綠色那種不一樣，其實沒什麼關聯性。我看到的關於字母和數字的顏色總是難以理解。在我來看，在自動販賣機的飲料罐底下顯示的『HOT』，配色看起來就和法國國旗一樣。雖然我是講看起來，但是我知道它是紅色底色配上白色文字。總之，標題的命名只是自我滿足而已。」

廣一第一次用言語將這件事表達出來，聽著連自己也都覺得奇怪，幸好從來沒跟母親說過。他在有點尷尬的氣氛中，望向二木的表情。

二木露出微妙的神情。

「怎麼了？」

「不……沒什麼。」

二木說著，垂下眼簾。

他遞出稿子。廣一接下來，二木就在椅子上盤起腳，讓椅子發出類似公園裡的遊樂器材的聲音。

「好好修過一遍，改好之後，稍微冷卻一下，再重新檢視。等到覺得沒得改了，到時再拿過來，我會幫你看。」

老實說，廣一相當困惑。這樣的互動完全不符合兩人的關係，讓他難以鎮定。雖然批評的口吻辛辣，但二木竟然認眞評論，本身就很不可思議。難道是因爲他身爲藝術界的人，內心蘊藏著熱忱，所以面對別人竭心竭力的作品時，即使對方威脅自己，也會忍不住眞誠相待嗎？如果是這樣，二木眞是傻瓜。兩人最後一次交鋒，廣一還把對方逼到在廁所吐。廣一把稿子放在膝蓋上，盯著地板。對他來說，每天和二木彼此互相否定的熱情，開始從濁黑色，變成了稍微不同種類的東西。廣一撫摸稿子的封面，想著這都是因爲自己在這一個月左右，一直投注心力在小說上。

那一刻，廣一腦海中閃過某個念頭。

廣一停下了手。

搭在紙張上的指尖，動也不動地迅速失去了感覺。

以剛才的靈光一閃爲起點延伸出來的思緒，就像要塗抹掉寫錯的字一樣，不停地左右來回，逐漸把心情塗抹成黑色。

剛才察覺的事實，就像是在嘲笑今天感受到的所有喜悅。

「怎麼了？還有事嗎？」

廣一默不作聲，用指甲在稿子邊緣劃了幾下。等到內心已經染成一片黑，毫無留白的時候，他才開口。

「上小學的時候，我總是聽一些我不想聽的流行歌曲。」

自己發出的聲音，出乎意料地沒有情緒。大概是因爲話題突然轉爲私領域的方向，二木發出一聲介於茫然和習慣的「嗯」。

「我以爲如果能喜歡上大家都喜歡的音樂，我就會變得正常。」

二木並沒有馬上應聲，只是沉默一陣，小聲地回應一聲「嗯」。

「我不介意沒朋友，但不想被別人說奇怪。爲此不安到連自己都搞不懂爲什麼。」

二木一言不發地聆聽。

「我母親總是告訴我，因爲我是獨一無二的，要我保持我的樣子。就連她這麼說，我也覺得厭煩。既然是父母，不覺得應該要教導我，讓我能和周圍的人更融洽相處的方法嗎？大家都沒有問題，一定是因爲他們父母有教這份技術。但不知不覺間，我開始和我媽媽抱著相同的想法。自己或許很奇怪，但那是因爲自己有特別之處。愛因斯坦不也說了嗎？『用爬樹的能力來評斷一條魚，那條魚將一輩子相信自己是笨蛋』。魚會游泳的話，我又會什麼呢？儘管根本不知道是不是眞的有特別之處。」

廣一的視線落在稿子上。被摺起邊角的左側，變得比較鼓。

「所以我今天被誇獎，覺得很高興。」

二木聽完後開口。

「沒想到當初不經意的一句話，能讓你發憤寫完一篇小說。雖然被你玩弄，不過現在想想看，大概是你有太多無處發洩的精力吧。如今能找到正確的前進方向，太好了。」

「的確，不過就算我專心寫小說，又能幹什麼呢？」

「有各種各樣的工作，可以充分發揮寫作能力。你也可以嘗試成爲一名小說家看看啊？不過這是一條艱難的道路，還是要有正職比較好。」

「就像老師一樣，去當教師？」

「總覺得之前好像有過這樣的討論，」二木苦笑。「你這次不是在設圈套吧？」

「老師才是，你說我有才能，是眞的嗎？」

「眞的喔。嗯，就算我不說，你應該遲早會注意到。」

這樣啊，廣一回道。他起身站在書桌前。看似畫圖工具的大型四方機器周圍，擺放著飲料罐和筆。桌上顯得很凌亂。二木想把身體轉過來，廣一卻抓住椅子制止他。

「怎麼了？」

廣一撫摸著方形機器的表面。

「這是什麼機器？」

「繪圖板，用來在電腦上畫圖的工具。」

「要多少錢？」

說完，他粗魯地拔掉了連在機器上的電線，廣一用力地把椅背推向了另一邊的衣櫃。

二木連同帶著腳輪的椅子，被推開一小段距離。二木皺眉轉頭看向廣一，然後打量著他。

浮現在他臉上的困惑瞬間消失，換上了警惕。

「便宜貨而已。」

二木的視線朝向廣一正高高舉起的方形機器。

機器有著沉甸甸的重量。

「被你瞧不起，也不是一天兩天了。」

廣一安靜說道。

「當我不顧一切地完成小說時，你大概在想：眞是平靜啊。所以你才吹捧我，讓我有那個意思，再給我出功課，這樣你又能享有一陣子的平靜了。」

房間內變得安靜。兩人都面無表情地互相瞪視。

終於，二木開口了。

「被發現啦？」

聽到這句話，廣一的眼皮細微地跳了跳。他舉起大台機器，二木往前伸出一隻手。

「等等，你要是那樣砸地板，會吵到鄰居。你以爲現在幾點了？」

「你想砸在臉上嗎？」

「我承認我確實給了一些過度誇大的讚美。不過回想一下，那都是些具體的意見，對吧？我雖然誇大，但基本上沒有說謊。你很擅長。應該發展你的長處。我會給你建議，讓你的作品變得更好。你寫小說時，我會重獲平靜的日子。你不覺得這是互惠互利嗎？」

「你還在把人當白痴。你根本就不覺得我有才能。」

「才能、才能，你太拘泥於天生的東西了，眞無聊。仔細想想，爲什麼你今天被誇獎會感到高興。不像媽咪說的那些毫無根據的讚美，因爲這是你第一次眞正靠努力得到的誇獎吧？你不想照這個樣子，今後一點一點建立你的信心嗎？」

廣一低頭看向二木。他說的話很正確，這傢伙老是這樣。

儘管舉著一件可能有幼稚園孩子重量的物品，廣一的手臂依然如鐵棒，伸得筆直。

「動手吧。」

二木盯了一眼即將被砸壞的機器，注視著廣一的眼睛說道。

「我會用和價錢相同的代價回敬你。」

「你不是說這是便宜貨？」

二木保持沉默，眼睛盯著廣一。彷彿像是這麼做，就能靠眼睛的魔力，把對手變成一尊石像。廣一環視傳達出急迫感的凌亂房間。在截稿日前，工具被弄壞，眞令人同情。

廣一喘口氣，感覺心情就像吐出內臟的海參，變得空蕩蕩，逐漸萎縮。

廣一用力扭過身體，把機器往側邊丟出去。

原本以爲會轉得像個飛盤的機器，就像拖曳電腦畫面上的圖示一樣，一動也不動地沉入床上。

空氣中飛揚的塵埃，在電燈下緩緩飄過。

廣一盯著飄浮在空中的微小顆粒。

一陣空虛。

二木轉動椅子，背對廣一。

廣一開口。

「我不認爲我會重寫小說。」

椅子上發出吱嘎聲響。二木完全不看向廣一。

「但是……也許，如果我改變心意了，我可能會寫別的故事。」

「這樣啊。」

「不管怎麼樣，都不需要你的意見。」

背對的二木歪著頭。

「那也不需要我囉。」

想得太美了吧，廣一瞇起眼睛。此時的自己，應該要滿懷著惡意，對他說：明天也請多多指教。不過現在沒有那份心情。他往地板上的托特包伸手。托特包開口大張，看似垂頭喪氣地垂著提把。廣一拿起托特包，準備離開房間。二木從他身後出聲道。

「吶，今後不知道有沒有機會說，所以我就說了。」

廣一的行爲顯然不值得二木生氣，只是讓他感到傻眼。廣一站在原地，默默催促他說下去。二木深深靠向椅子。他用像在看電影的姿勢，朝向衣櫃。

「我說你啊……」

他說完這些就停了下來。

叫住人，卻還在思考要講什麼，廣一對於這種散漫的態度感到煩躁，正打算催促，二木的聲音響起。

「你小時候，有沒有被父母威脅過……做壞事，怪物就會來？」

廣一沒有說話。他不喜歡這種像是要玩弄人的前置準備。想說什麼，說就是了。二木毫不在意地道。

「在世界上大多數國家，父母似乎都會對孩子這麼說。」

日本的話，就是生剝鬼之類的。二木補充。

「我父母是用圖畫書。可能是因爲我是一個喜歡畫畫的孩子，也可能是因爲那種教育，才讓我喜歡畫畫。我父母打開圖畫書，向還是小孩的我，講了很多誠實、自我犧牲之類的各種美德。在給我的許多圖畫書中，有一個是講外國的怪物，那個怪物住在衣櫃裡。

我不太記得內容，但記得我母親告訴我：『這個怪物是吃孩子的可怕怪物，不過沒關係，如果你是個好孩子，怪物就永遠不會從衣櫃出來。』」

二木一邊說著一邊左右搖晃著椅子。

「衣櫃裡住著一個會對小孩作怪的怪物。當我長大一點，開始對自己感到內疚時，這對我來說成了一個特別的寓言。曾幾何時，成爲我對生活的一種概念。我是一個會對小孩不利的怪物，要關在衣櫃裡。只要我是一個正派的人，怪物就永遠不會出來。」

這是一個奇怪的邏輯，不過廣一想起二木只把自己的作品收在衣櫃中。就像在等廣一想通一樣，二木頓了一會又繼續說道。

「很白痴吧？光這樣做，就覺得自己把怪物關住了。但多虧了這個概念，我才能一直撐到今天。」

「所以你想說什麼？」

二木默默低頭後，又望向緊閉的衣櫃門。

「我覺得你太極端了。」

「極端？」

「又是聽流行音樂，試著和其他人一樣，又是炫耀自己的感性。你只有抹消自己和暴露自己，這兩個選擇。」

二木的椅子又發出公園裡遊樂器材的吱嘎聲。伴隨著不全是美好回憶的童年記憶，逐漸侵蝕廣一的心情。

「你明明也可以把你重要的部分藏在衣櫃裡活下去。」

回過神時，廣一注意到自己也在盯著二木面前的門。

二木快要觸及核心了。

廣一有這樣的感覺。

「我覺得你一直想和我一樣。」

一開始是一陣想要訕笑的心情。

然後憤怒來了。

「啊？」

「就這樣，小心回家吧。如果你出事，被發現是從我這邊返家的路上，那就麻煩了。」

二木站起身來，雙手捧著扔在床上的機器，檢查正面和背面。

自己被逐客了。

奇怪的是，這是廣一第一次覺得，自己在這個房間裡是個異物。與其說二木拒絕了廣一，不如說，在廣一心中，眼前的二木是一個完全不同的存在。

即使同是人類，廣一也不曾想過要像他一樣才對。

當廣一把腳踏車停在自家停車位，拉開大門時，他才終於回過神。玄關地上有母親的鞋子。

鞋子排得很整齊，讓人聯想到留在熱門自殺地點的懸崖上的遺物。更可怕的是，綜藝節目的明亮聲音從客廳門內漏了出來。無論身後有多少物理上的逃生路徑，這種情況下也別無選擇。廣一帶著陰暗的心情走進客廳。

廚房裡只亮著一盞小日光燈，母親坐在昏暗的餐桌旁。

「……我去了便利商店。」

比起「歡迎回來」，或是「工作呢？」，廣一脫口說出藉口。母親雙手在桌前盤胸，視線落在對面廣一平常坐的地方，平淡說道。

「是嗎。」

沉默依舊。廣一覺得像是得了空白恐懼症。他想著隨便說什麼都好，毫無計畫地試著開口，但同一時間，母親說話了。

「隔壁的矢野先生跟我說的，說妳兒子最近偶爾會很晚回家，是開始上補習班了嗎？你在別人眼中，似乎是個努力學習的孩子喔。留到這麼晚，你有那麼喜歡外婆嗎？」

「我說了，我離開外婆家以後，就去了便利商店。」

「哪邊的？」

「……去國道路上的全家。」

「我去那邊找過了，你不在。」

廣一陷入沉默，母親接著說。

「我說我去過那邊找你，是假的。」

在察覺上當而發出嘖聲前，他事不關己地，從母親的做法中感到血脈相連。

說今晚上小夜班是騙人的嗎？母親也許只是記錯班表，不過如果她是說謊，待在家裡埋伏，那就太卑鄙了。儘管如此，廣一明顯沒有資格指責她。

「你知道嗎？」

說到一半停下，母親嘆了口氣，搖了搖頭。

「我之所以能去上班，是因爲我對你的信任。大人晚上時常不在家，你就以爲可以爲所欲爲嗎？應該不對吧。」

母親撩起頭髮。

「我也很努力，晚上想盡量留在家裡，但現在不做夜班，還願意僱用人的地方，已經不多了。就算有，沒有夜班津貼，我也沒辦法讓你上大學。外婆也不可能永遠都身體健朗，到時候會需要看護費。我不想跟你說這些嚴肅的事情，但這就是家裡的情況。」

「……那我不上大學，直接去工作。」

母親慢慢地扒搔頭髮，站了起來。她走到廣一面前，一隻手動了一下。廣一繃緊身體，但那隻手沒有伸向自己。母親靜靜說道。

「別說得那麼簡單。」

「對不起。」

「我不會讓你再說那種話。你要找到想做的事，走想走的路。我絕對不會讓你因爲出身單親家庭而放棄。我也沒打算當個放任高中生兒子晚上在外遊蕩的愚蠢母親。」

廣一低頭，視線停在母親褲子的皮帶環。電視裡傳來笑聲，讓空氣尷尬到極點。

「你實際上在哪裡？」

「我只是一邊騎腳踏車，一邊想事情。」

「眞的？」

「嗯……我會停止這麼做。」

媽媽用試探的眼神看了廣一一會兒，然後深吸口氣，垂下肩膀。

緊接著，她皺眉哼了一聲。

平常圓滾滾的眼睛變得銳利。

「你在抽菸，對吧？」

廣一身體一抖。因爲他曾在二木房間。

「我沒抽菸。」

「如果是這樣，讓我看包包裡的物品。」

母親伸手抓住廣一揹在肩上的托特包。想到稿子就在裡面，廣一抓著握把反抗，卻沒辦法眞的出力和母親抗衡，結果包包被搶走。母親伸手在裡面摸索，找不到類似香菸的東西，情急之下，將所有物品都倒在桌上。

「這是什麼？」

母親盯著資料夾裡的稿子，出聲詢問。

「小說？是你寫的嗎？」

「不……」

「這個紅字，是大人寫的吧？」

母親指著二木的字。

「你和陌生成人碰面嗎？」

她的表情變得更加嚴厲。

「對方是誰？告訴我！這麼晚了，還拉著小孩到處跑……！」

母親敲著稿子的封面逼問。廣一思考各種藉口，卻想不到適合用來撒謊的對象。廣一認識的人少得可憐。

「不！那個……寫下這些的人，是二木老師。」

當他最終說出二木的名字時，廣一在內心撲通一聲跪在地上。

「二木老師是班導的那位？」

母親嚴厲的神情中混入一絲驚訝。

「嗯，呃……我本來不想說的，因爲這很尷尬，但是……我寫了一本小說……我想要有人評論，所以就把稿子拿給二木老師看。老師就附上建議，把小說還給我。我們都是在學校談，回來得晚不是二木老師的錯。我先前是在車站前的家庭餐廳，參考老師的建議，思索修改的靈感。因爲在那邊，比在家更能集中精神。」

眞相和謊言各占一半。在這種情況下，二木應該不會被問罪。要是莫名把他捲進來，讓母親知道至今爲止的事情，那可不是吃巴掌就能解決的。母親低頭看著稿子，眼珠微幅地移動。她不是在讀小說，應該是仔細審視剛才的說法。

「原來是這麼一回事。最近你到深夜都在敲鍵盤，原來是在寫這個。」

「對不起，我撒謊了。我晚上不會再去家庭餐廳了。」

「我以爲你終於要開始用功了。現在是高二第二學期，我沒打算一直碎碎念要你讀書，但在這麼重要的時期，還鼓勵學生做其他事情，二木老師在想什麼？」

廣一接不上話。事情的走向有點奇怪。

「鼓勵你，甚至這個時間還留在餐廳……」

母親出口的話，讓她自己更加生氣。

「媽，妳的道理有點怪。」

二木根本沒有遭到責怪的道理。再說，母親是會鼓勵小孩讀書，但並不會特別要求的類型。就母親的個性而言，眞要說的話，廣一寫小說應該會讓她開心才對。母親現在的行動原理，和平常的母親不一樣，難道是因爲被孩子欺騙太震驚，必須找母子以外的對象來當責怪的對象嗎？

母親從廚房前面的櫃檯拿起她的手機。她沉默地操作按鍵，低頭看著畫面，在思考片刻之後，把手機放在耳邊。

「什麼？妳打給誰？」

「二木老師。」

廣一驚訝得呆住了。

「住手啦！妳爲什麼知道他的手機？」

母親爲什麼知道號碼的疑問，擠下母親爲什麼會有這種瘋狂行爲的驚訝，搶先跳上廣一的腦海。廣一因爲不知道該先對什麼高喊「爲什麼」，而陷入混亂。

「學年開始時，從通訊錄得來的。」

就算是必須對小孩負責的身分，這樣隨便給手機號碼，實在令人無法贊同。二木不可能主動這麼做，想必儘管沒有強制，但在群體壓力下，不得不這麼做。卑劣的惡習，這個詞在廣一腦中浮現。畢竟會有家長像這樣，在三更半夜打電話找碴。

「我要跟他說幾句。」

母親喃喃道，彷彿在自我說服這個行爲是正當的。緊接著，聽到母親語氣略有不同的一聲「啊」。廣一瞪大眼睛。別接啊，他祈禱二木已經進入夢鄉，或去洗澡了。

「深夜打擾，不好意思。我是二年A班田井中廣一的媽媽。」

廣一想立刻搶過並掛斷電話。然而，他只能想像二木在電話裡的反應。焦急和羞恥同時湧現。

「我真的很抱歉在這個沒常識的時間打來。我知道很沒禮貌，但關於我的兒子，我有話要說。」

母親背向廣一，進入戰鬥狀態。

「不，不是，他在旁邊。不過他剛剛才到家。我會在這個時候打電話，就是因爲這樣。我晚上上班經常不在家，所以沒注意到，但他最近似乎經常深夜還在外面逗留。他說他在一家深夜營業的家庭餐廳裡……說他正在寫一本小說。」

廣一說的明明是思考如何修改，而不是在寫小說，廣一在內心抗議。指出這種情況下不需要的細節，大概是想逃避現實的心理。

「……是的，我是這麼聽說的。不，他不是女孩子，而且是高中生了，所以這一點我在一定程度上沒有問題。問題是這孩子太投入了。」

母親說完這句，回頭看了廣一一眼。從她的眼神，廣一知道母親不希望自己在場，但廣一可沒打算識相閃人。兒子堅決留下，母親猶豫了一下之後，露出下定決心的表情，轉過頭開始說下去。

「現在是高二的第二學期，他應該把精力用在其他方向。老師爲我兒子寫的小說提供建議，我眞的很感激老師人這麼好。但是……這個老師不知道，所以我不怪你，我只是希望老師以後在指導時記住這一點。」

母親在選擇用詞。看她吞吞吐吐，廣一從原本如臨大敵的狀態，變成尷尬無比。此時母親終於開口。

「我家小孩——怎麼說，是那種會過度集中注意力的類型，甚至到有點不正常的程度。」

廣一有點受到打擊。「不正常」這個詞是地雷。廣一被說過太多次，所以有所自覺。

不過這還是母親第一次，在負面語境中使用這個詞。

「他和一般說的很有集中力，也不太一樣。他的熱情只要一點燃，就會燒很久。他會在很長一段時間內，都只專注那件事，就連食慾也會下降……他從小就這樣。我以前曾經誇獎他寫的故事，結果他就寫了好幾十本筆記本，花了兩年。那兩年簡直是災難。他的體重往下掉，說話也心不在焉，嘴巴裡一堆破洞，就算上醫院定期拿營養補充劑，也沒能治好，結果是他自己咬破嘴巴。我和醫生都沒長眼睛，沒發現到嘴巴發炎是由咬傷引起的。我認爲這是缺乏食物或壓力的補償行爲所引起的自我傷害。不管他多喜歡寫故事，他的大腦一直處在緊張狀態，所以我最終還是拿走他所有筆記本。我不知道這是否正確，但找不到任何其他方法了。結果他就開始在別的紙上，從頭寫下被拿走的故事。他全都記得，雖然不是一字一句都相同。」

母親用手梳理頭髮。

「我不管是罵他，還是爲了滿足他而誇獎他，他都不肯停下。當我束手無策時，有一天一切突然結束了。當時我坐著，他來到我身邊，露出睽違兩年第一個像樣表情，告訴我他餓了。他把我端出來的飯全吃完，又在洗手檯吐光光。從第二天起，他就正常吃飯，不再寫字了……隨著長大，他再也沒有嚴重到這種地步，不過我認爲他現在還是有一點這種傾向……我不知道他又開始寫。我以爲他半夜不睡是在讀書，畢竟他本人這麼說。不過現在進食也很正常，就各種意義上來說，他和小時候不一樣了。但是——」

母親的聲音沉了下去。

「我一想到又會像當時那樣就感到害怕。當時是我的一句讚美觸發了他。所以……請不要鼓勵他寫作。我知道老師是爲他好，但老實說，我不知道我兒子的那部分算優點還缺點。我想應該也有機會變成優點，我想讓他走他喜歡的路。我會盡可能提供各種可能性。但現在如果又變成那種狀態……會錯過這個重要的時期，害他的可能性瞬間變少。雖然有點矛盾，但爲了讓他哪天能把這一點轉變成優點發揮，我希望老師現在讓他停手。」

母親背對著廣一，道出至今爲止，不曾直接傾吐的心情。

當然，廣一記得那些日子，不過他沒想到母親對當時的事情原來這麼在意，所以有些吃驚。他只有母親因爲他沒把飯吃完而生氣的印象。

「……不，好像不是那樣……果然，因爲負責教小孩，所以老師也知道。正確來說，我也不能篤定說不是那種狀況。不過就算大致上分類是那樣，也有小孩是不同要素組合在一起的複合型。我曾經帶他接受診斷，但並沒有被診斷出來。原因之一是因爲他能完全理解隱喻和委婉語。老師讀過他寫的東西的話，應該能明白。我也曾經希望有個病名，這樣還比較能知道該怎麼辦，但我已經不這麼做了。這孩子就是這孩子，在人想出分類之前，這孩子就存在了。」

又是那個，又是那樣，到這個時候還要支吾其詞，明明我已經不再是小孩子了，廣一想。母親已經捨棄了有病名就能得到救贖的想法，讓廣一有一種被遺棄在身後的感覺。

「是的，所以……這樣啊，謝謝……嗯……什麼？」

這一瞬間，廣一突然感到氣氛變得十分肅殺。

「請等一下，爲什麼會變那樣？……呃，也許確實是這樣沒錯……」

母親雙手扠腰，開始到處走動。

「唔……」

母親直到剛才，都還刻意一邊和二木通話，一邊把話說給廣一聽，此刻卻完全忘記兒子的存在。一段漫長的沉默降臨。廣一因爲看不出對話走向，煩躁地咬著嘴唇，最後終於按捺不住不安，插嘴詢問。

「你們在說什麼？」

母親看廣一一眼。她的回應僅此。強烈感受到被排擠在外，廣一癟了癟嘴。

「這樣嗎……那方面老實說是我也不太清楚的世界……我對小孩的教養也沒到當傻父母那種程度……」

「傻父母」這個詞一出現，廣一馬上想通了。

那傢伙打算說好聽話攏絡母親。

「等一下，換人聽電話。」

能夠圓滿落幕，自然也是廣一的期望，不過聽到母親的聲音逐漸軟下來，讓廣一莫名不爽。他把手伸到貼著手機講電話的母親面前。

母親像是閃過朝自己飛來的甲蟲，避開了廣一的手。

「原來如此。」

什麼原來如此，廣一想大喊出聲。

「對不起，我很驚訝，因爲這是我沒想過的事……」

她不停把頭髮勾到耳後。

「或許我應該更早和老師商量一下……」

聽到這句話，讓廣一屏住呼吸。母親隨後深深嘆了口氣。

「我至今爲止，都是一個人扛著……」

沒想到母親甚至語帶哽咽，她無視一旁瞠目結舌的廣一，繼續談下去。等到廣一終於聽到作結的台詞時，他們兩人都坐在椅子上。

「是……是……是啊。非常感謝老師這麼替我們著想。這麼晚打電話，還講了這麼久，眞的很抱歉。對，是的，今後還麻煩老師多關照了。是……那就先這樣……」

母親維持朝水槽低頭的姿勢靜止之後，用下巴闔上手機，然後把手機按在嘴邊。

背後一直開著的電視，終於從綜藝節目切換成深夜新聞。

廣一聽到吸鼻子的聲音。他以為母親真的開始哭了，不禁大吃一驚。不過抬起頭的母親，眼中沒有淚光。表情和剛才與二木通話時截然不同，顯得相當平靜。廣一僵硬地詢問。

「還好嗎？」

母親沒回答，而是吹起撥了好幾次，最終還是垂在臉上的劉海，然後望向廣一。

「你……」

「……嗯。」

廣一吞了口口水。不用細想也知道，事先完全沒統一口徑，讓母親找二木談話是相當糟糕的發展。二木沒有說溜什麼不妙的事情吧？他沒說出和廣一說法互相矛盾的事吧？

母親眨眨眼。廣一蜷起襪子裡的腳趾。

「你要去投小說的新人獎？」

廣一經常在想，之所以每次他說什麼，周圍的人就會做出一臉錯愕的反應，是不是因為發言太過跳躍。然而，即使在其他人眼中是奇怪的想法，但在廣一腦中，卻依循明確的邏輯。只要知道廣一是經過怎麼樣的思考過程而說話，大家應該也會理解廣一看似外星人的想法。根據這樣的立基點，廣一暗自決定，如果有人說出，或是做出什麼離譜的事情，自己一定要盡可能想像對方背後的原因。

他是這麼想的。

但是——

事情爲什麼會變成這樣？

9

「我話都說了，收不回來囉。」

二木的嘴巴從插在鋁箔包的吸管退開，這麼說道。

廣一蹲在水泥地上，連吃便當也完全提不起勁。二木無視廣一，逕自往前踏出一步。

「這裡竟然有菸屁股。眞是的，就連我都在忍耐，沒在學校抽菸了。」

二木說著撿起菸蒂，扔進了不知道是誰留在體育倉庫後面的空罐子裡。

吸菸的人全都去死吧。距離昨天的事情只過了一晚的此時此刻，廣一強烈地這麼想。

當我讀到廣一的小說時，我感到很驚訝。

他非常了不起，很有才華。

我雖然是門外漢，但我覺得以廣一的文采，在相關場合一定也能大放光采。所以我就建議他去申請文學獎。他本人似乎也很有意願，馬上就查到一個新人獎。

我記得他是說，想要參加三月截止的獎項。

我之前不清楚您擔心的事情，但知道之後，我能明白您心裡的擔憂。身爲教育者，和廣一相處，卻沒發現到他有這樣的傾向，實在是太失職了。

但是讓他停手，眞的好嗎？

廣一從來沒參加過社團，對吧？

高中二年級當然是重要的時期。不過，有參加社團的孩子們，現在讀書的比重也還不高，大家仍在盡情享受青春。

當然，通常在三年級的時候，就會退出社團，準備考試。

我認爲投稿參加比賽，是廣一想做一個了結。

他現在正朝著自己的目標拚命努力。雖然是老生常談，但是這種經驗，日後會成爲人生中的寶貴財產。

最重要的是，他本人已經點燃引擎了。

我很明白您反而會對此感到不安。

投稿參賽能夠幫助訂下一個明確的終點，爲了避免拖延不決，我認爲不失爲一個方法。

我也和他約定好了。

到三月之前都努力寫小說。相對地，過了時間之後，就要專心讀書。
廣一已經和我約好，說他一定會做到。
如果現在讓他中途停下來，反而讓他沒辦法了斷，他可能也會因爲難以收心，讓他沒辦法認眞準備考試。
這只是我的想法。
我會尊重您的方針。
不過，最重要的是，我認爲他在正面的意義上，不是一個「普通孩子」。
我希望您能給他一個測試自己實力的機會。

這就是所謂的三寸不爛之舌。

「總之也分享給你知道。」這就是二木如此告知廣一後，廣一從他口中得知的，昨晚電話中交談的大致內容。

廣一原本以爲二木異常的部分僅限性癖，現在他開始覺得除此之外，二木在別的方面也有毛病。「在正面的意義上不普通」這句話，對母親根本就是最強的甜言蜜語。明明初次交談，卻能夠準確看穿對方的軟肋，這點當然很恐怖。不過他不正常的地方，是在能一邊安撫怪獸家長，同時想出能強制廣一寫小說，讓自己享受清淨的謊言。

「三月截止的徵文獎？」

廣一垂著頭，開口詢問。

「我不知道。我隨口說的，反正應該會有什麼比賽吧。」

一股冰涼的液體湧入腦中。廣一第一次知道憤怒的成分是冷的。

「我不會去投稿任何比賽。」

廣一說。

「說起來，那個故事是衍生作品，根本不能拿來投稿。」

「你可以再寫一篇啊？反正現在還是十月。」

就連回他一句「別說得那麼簡單」，都沒有意義。

今天早上母親身上飄著一股歡快的氣氛，顯然二木的話讓她心花怒放。廣一瞥一眼吃了一點煎蛋捲，就擱下筷子的便當。裡面的小香腸還被剪開做裝飾。

背叛母親的期待，其實也不會怎麼樣。說出「我果然還是放棄投稿」，只會讓母親有點失望而已。更何況母親在和二木交談前，應該也是如此期望的。

廣一也可以假裝有投稿，在結果發表的日子宣布落選。如此一來，因為廣一有努力過，與放棄投稿相比，母親也比較不會那麼失望。不過這關係到廣一的自尊，所以他不想用這招。

「最後期限逼近時，我就會說我放棄了。如果我現在說，應該會一直被念。」

「哦，是嗎。反正你高興就好。」

二木丟下這一句，撿起裝菸蒂的空罐子，轉過身去。

「啊。」

只能看到背影的二木這麼說道，這次是菸蒂以外的某個東西。

「貓。」

熟悉的棕黑色毛球，用完全沒有警戒心的腳步走了過來。是公關貓。牠一如往常發出缺少一個字母的叫聲，用頭槌般的氣勢，以腦袋摩擦二木的腳。既然要來，那應該挑有便當的自己才對。廣一現在雖然沒心情陪牠玩，但牠無視熟悉的自己，而是挨著二木磨蹭，內心依然覺得不是滋味。

「我從以前就覺得，牠眞的是貓嗎？這股親人勁，根本就像狗嘛。」

二木看著公關貓在他腳間繞8字型，嘀咕道。他一邊說「你會被我踩到，停下來」，一邊用驅趕貓的方式走路離去。看著他對待貓有些粗魯的方式，讓廣一想起二木的聯絡人頭像是狗的圖片。

廣一趴在桌上，睡意卻完全沒降臨。

他神智清楚地聆聽午休時間的喧囂，但裝作睡覺的樣子。午休時間他總是無處可去，所以偶爾會這麼做。後方是一群男生在聊天。廣一祈禱著不會有人突然興起，決定要來捉弄自己，一邊摸索額頭和手臂的最佳位置。

嘈雜。不是教室，而是腦袋。一口氣湧進太多事，無法決定要優先面對哪件。

即使如此，根據昨晚，對自己來說最重大的事很明確。

——你難道不是一直想像我一樣嗎？

A。

B。

A和B。

昨晚回家的路上，廣一腦裡浮現之前美術課上貼過的兩個圓圈。

感情上的抗拒毫無意義，二木的話讓廣一信服了。

不是試著成爲選A的人。

也不是把選B的自己攤在陽光下。

名爲二木的人，向廣一展示了第三個選擇。

披上A的皮。

對於生活在地球上的外星人來說，這是非常單純的生存技術。

這對大多數人可能很理所當然，廣一卻必須透過二木才能察覺。在這個時間點上，廣一果然還是有什麼缺陷。眞心話和客套話，表面工夫跟眞情流露、僞裝等，廣一明明應該都聽過、看過不少這類詞語才對。

二木說，他是透過觀察普通男性如何追求合適年齡的對象，學會普通人的反應。

自己同樣能做到嗎？

教室內突然安靜了片刻。

與其說是所有人都閉嘴，不如說是談話間的斷點偶然重疊了。這是一種罕見的現象。廣一曾經看過有小說用「天使經過了」來表現。

「山本，說點有意思的吧。」

後面那群男生的其中一人打破寧靜，周圍有人「噗」地發出憋住的笑聲。

儘管被點到的不是自己，這句話還是讓廣一不寒而慄。因爲廣一不知道，如果今天輪到自己，究竟該怎麼應對這個局面。他一定會全身僵硬，但絕對不行。如果是自己，會怎麼回答這個問題——有意思的事情。就說說之前在書上看到的「鋁熱反應」好了。當氧化鐵和鋁粉混合並點燃時，它們會產生極高的熱度。如果容器是鐵鍋，會噴出火柱，然後整個鐵鍋都融化成泥。儘管化學反應如此激烈，但網路上還是能輕易買到氧化鐵和鋁粉。有這麼方便用來毀屍滅跡的科學技術，爲什麼到了現在，山上和東京灣還會找到他殺的屍體呢？真是耐人尋味。

那個被點到的人開口回應。

「……吉田是這麼說的喔，西野。」

「咕。」

西野不情願地張嘴。

「啊，昨天，山本他……」

「用像朝會的方式講！」

被人如此要求，西野提高了聲音。

「昨天——山本同學他啊——在打掃時間——」

教室裡爆出笑聲。

「要好好道歉——」

廣一對他的表演能力印象深刻，他忠實重現了小學朝會幾乎每次都會有的檢討時間，除了兀自感到欽佩的廣一，其他人都在哈哈大笑。

廣一佩服之餘，也難為情得想哭。啊，原來「有意思」是指那種有意思嗎。不是「有趣」的有意思，而是「好笑」的有意思嗎？廣一不禁為搞不清楚狀況的自己感到可悲。

偽裝成普通人，這個方法令人拍案叫好，但自己的感性還是不太一樣，所以根本不知道什麼是普通人的行爲。不過，如果不用帶著自卑感和優越感的眼光來看周圍的人，而是把他們當作教導自己「普通」的參考範例，與人相處的範例就多得不用愁了。像剛才突然被人丟了難題的男生，示範了把問題拋給別人的方法。爲了將來，廣一把資料儲存進大腦的資料夾中。

像這樣依照類別，歸納應變手冊的方式，廣一似乎做得到。儘管感性與人不同，所以可能會不知如何變通。即使如此，只要重複觀察，總有一天——

廣一透過耳朵，注意到爆笑的餘韻逐漸變成交談，大家又恢復成各自小團體型態。在眾多聲音當中，他注意到其中一個聲音。那是班長。雖然聽不清楚談話的內容，不過說話的節奏之中，只有她的像摩斯密碼一樣，傳進耳中。

嘈雜嘈雜嘈雜，咚咚咚。嘈雜嘈雜嘈雜，咚咚、咚。哎——

眞是明顯啊，廣一心想。與搶眼的外表印象相反，班長感覺更少開口。

如果自己能表現得像個普通人，是不是也能夠和女生交往呢？

當這個想法掠過時，廣一頓時想大叫「在想什麼啊」，並把剛才的想法擦掉。

他從未想過要和人交往，也不可能因爲這樣的理由，就學會怎麼表現得普通。這是更嚴肅的問題。

自己想僞裝成一個普通人。

這麼一來，廣一就能維持自我，同時保護心靈免受討厭的話語影響。

不過要在現在這個環境重新開始，應該已經不可能。即使廣一從明天起，有意識努力表現得普通，但是每個人都知道自己是外星人。而且廣一也不認爲「普通」能這麼快學會。

距離畢業還有一年再多一些。就把這段時間當作準備期好了。密切觀察周圍環境，學習各種範例並加以練習。在經過充分特訓之後，來到新環境，也許自己就能成功以普通人的身分，開始新生活。

特訓，聽起來眞是令人懷念。廣一希望這次不要搞錯努力的方向。

爲了讓母親覺得故事更眞實，廣一一回到家，就會先打開電腦。

雖說是二木隨口胡謅的，不過確實有好幾個三月截止的文學獎。廣一根本沒想到，一年之間竟然有這麼多文學獎。他知道的頂多就是芥川獎、直木獎，以及規模比較小的城市之光文學獎。因爲現代國文老師說過，他過去曾經投稿得到佳作。

廣一盯著可以申請的文學獎。當然，這只是貫徹二木胡謅的設定。

一個以出版社名字命名的文學獎引起了注意。聽起來不太熟悉的公司名，看起來卻有些眼熟。廣一看向書架，原來是出版「綠色小說」的出版社舉辦的文學獎。他看了投稿條件中的規定頁數：一百張稿紙到三百張稿紙。廣一簡單換算成字數，畢竟光講稿紙幾張，根本沒概念是多少。

廣一用規則指定的四百字稿紙來簡單計算，最低門檻的一百張是四萬字。他之前寫的小說是三萬字。只要努力寫就辦得到。雖說自己不需實際努力，但設定還是設定得具體一點比較好。廣一臨場瞎掰的功力可沒有二木好。

話說回來，四萬字嗎。之前一個月就寫了三萬字，考慮到距離截稿日期還有五個月，要寫也不是不可能。

題材有沒有什麼想法呢？

明明沒打算投稿，回過神時，卻發現自己正在房間裡走來走去，推敲小說的構想。廣一再次老實地坐在在電腦前。他動了動滑鼠，剛才進入自動休眠的電腦亮起螢幕。

廣一沒打算投稿作品。他不想要順了二木的心思。

此外，廣一也不可能得獎。他毫無反應地看著重點事項中寫的「獎品三十萬元，並出版成書」。如果有希望，確實有挑戰的價值。然而二木的讚美是別有用心，自己八成沒有得獎的實力。

現在應該要爲了今後的打算，專心學習僞裝技巧。如果將來再次湧起寫作的衝動，到時再偷偷寫就好。

廣一關掉文學獎的網站，連同椅子一起往後滑。他盯著壁櫥，裡面還裝滿了他小時候寫下故事的紙箱。眞正重要的東西，就要隔離在遠離現實的地方。這樣既不會受傷，也能得到自由。二木現在就是這麼做。

明天、後天都放假。廣一在一週開始的時候，能在學校學到多少應對的範例呢？這還是頭一次對假日感到不耐煩。話雖如此，既然決定好了，即使是假日，也有該做的事情。爲了得到新環境，廣一需要足以升學的學力。首先要爲了避免不必要的學習，先找出想上的大學和科系。

廣一轉動椅子，再次面對書桌，開始研究升學相關的資訊。

他別無選擇，只能承認。

自己在二木身上，找到了不會在地球上窒息的方法。

10

令人難以置信的事情發生了。

時序進入十一月，二木以感冒開始流行當作開頭，緊接著說出的話，擊中了因輕微發燒而腫脹的廣一頭部。

「田井中在寫要投稿新人獎的小說，大家要爲他加油喔。」

雖然是早上，但天氣昏暗，教室中的燈光很亮。

飄在教室中的是宛如笑話失敗的寂靜。

廣一感受著眾人的視線，試圖把情緒和唾液一起嚥下喉嚨。然而腫脹的喉嚨讓他失敗了，相對地，他發出一陣感冒患者特有的深深咳嗽。

二木像是要驅散尷尬的空氣似地笑了笑。

「田井中，你是不是努力過頭，把身體搞壞了啊？截止日期是三月。埋頭苦幹是很好，但不要逼得太緊。」

他一邊這麼說，一邊對自己的整張臉，比出用食指圍成圈的手勢，大概是在說廣一除了咳嗽之外，臉也很紅。

「寫輕小說嗎？」

教室角落傳出聲音，幾個人都被這句話逗笑了。二木無視那句發言，繼續說。

「雖然說好要保密，不過田井中說，還是想向大家宣布，似乎是想斷自己的退路。」

「干我們屁事！」

平常老是帶頭起鬨的學生一這麼說，附和聲紛紛響起。二木臉上的笑容轉變成苦笑。

「把目標說出來，是一件好事喔。」

順帶一提，他繼續道。

「我雖然只看了一些，不過田井中寫得很好喔。眞的有得獎的可能性。大家說不定趁現在跟他要個簽名比較好喔？我們班上搞不好會出個作家呢。」

一陣冷笑之後，班上響起「才不要」的回應。二木隨口應付，宣布班會時間結束後，伸手搭上教室的門。就在這個時候，他像是想起什麼似地轉頭，一臉認眞地指著廣一。廣一用轉不過來的腦袋，注視著比向自己的指尖。自然而然地，視線就聚焦在手指上，其他一切都顯得模糊。

在只有二木手指浮現的朦朧視野中，二木的嘴巴在視野的深處動了動。

他用無比親切的聲音，這麼說道。

「我不是要給你壓力喔。」

到了要放學的時間，廣一才湧起怒意。

二木的目的很明顯，他連問都不用問。廣一甚至不想看到二木的臉。已經因爲感冒而隱隱作痛的腦袋，此時更遭到非比尋常的頭痛襲擊。

一般會做到這種程度嗎？不，說起來，這本來就沒道理。

廣一又氣又累，粗暴地將課本裝進書包裡。

二木看穿自己一如之前所說，沒在寫投稿作品，爲了讓廣一全力投入寫作，刻意把他逼到非寫不可，利用的是廣一只有自尊特別高的個性。如果二木的目的是守護自身安寧，廣一覺得他的這一步實在是下策。二木應該是相信證據照片的存在才對。如果他用哄騙就算了，要是被逼急的廣一發飆，決定抖出一切，二木到底打算怎麼應對？不過仔細一想，二木這種行爲，似乎也不是一天兩天了。即使被威脅，二木依然老是想要掌控主導權。

「喂，田井中。」

廣一被身後的男同學叫住，頓時身體一僵。這些傢伙不知道自以爲是什麼人，竟然用叫僕人的傲慢語氣喊別人名字。面對這樣的對手，廣一頓時封閉起內心。爲了不讓他們察覺此刻的陰鬱，他盡可能面無表情地轉過頭。對方是坐在桌上，像女生一樣用髮夾夾起劉海的男生，叫做吉田。

同一個座位的椅子上，坐著一個頭髮富有光澤，還直順得像板子一樣的女生。她蹺著腳，側向坐在椅子上，專心地用手機，完全沒有要理睬廣一的意思。

吉田出聲問。

「你在寫什麼樣的小說？」

「沒什麼。」

「你的回答整個歪題呢。」

廣一當然知道吉田的提問，並不是出於純粹的興趣。他只是把廣一當成戳一下，就會跳起滑稽舞蹈的玩具。

「你要去投芥川獎嗎？」

「芥川獎是不徵文的。」

「哇，態度有夠差。一般來說那種事情根本沒人知道，你是因爲在寫小說才知道的吧，別講得一副了不起的樣子，有夠噁。」

吉田的主張意外合情合理，廣一不禁同意。不甘心的心情，讓頭愈來愈痛。

「啊——你沒希望。」

「嗯？」

廣一按著太陽穴，試圖緩和與心跳連動的頭痛，同時不由自主地反問。自己沒有理由要被吉田否定。

「我雖然不知道啦，不過你大概沒希望吧，從有人問你在寫什麼，你卻無法回答的時間點來說，你就沒希望。」

眞是令人不高興。就某種意義上來說，這是廣一第一次對學校的人，產生如此直截了當的情感。他覺得自己至今爲止所感受到的，應該都是更經過折射的情感。

「我不需要向你這傢伙解釋。」

吉田大概對於「你這傢伙」的稱呼感到驚訝，其實廣一更是訝異。自己到底在說什麼？與其說是不需要解釋，應該說是無法解釋，因爲投稿參賽用的小說根本不存在。儘管如此，聽到吉田大放厥詞，廣一還是忍不住生氣。

「你看，這傢伙整個爆氣呢。」

吉田說完，手肘戳了戳身後的女生。女生盯著自己的手機哈哈大笑，一副不感興趣。

廣一不禁對一切心生厭倦。自己才決定要過著僞裝的生活，就遇到這種事。

或許是注意到了「田井中開關」的田井中暴走，幾名留在教室裡的學生走近，興味盎然地互相詢問發生什麼事。吉田向他們解釋。

「我剛才問他在寫什麼樣的小說，結果他就開始生氣。」

「才不是那樣。」

話音剛落，後面來的同學們都笑了。

「你的聲音！變得有夠像黑武士。」

遭到因感冒而腫脹的喉嚨壓迫的聲帶，光是與吉田的三言兩語，就達到了極限。

聽到對廣一聲音的大聲嘲諷，就連遠遠地望著的同學們都笑了出來。廣一覺得自己就像被扔進圓陣中心，被四面八方的長槍戳刺。

「啊，對了。」

說完，吉田拍了一下手。

「我們來玩『美金阿虎』吧。」

廣一不明白意思，但明白這一定不是正面的興起念頭。廣一帶著討厭的預感，緩緩後退，被兩個男生抓住了肩膀。

「田井中知道這個『美金阿虎』嗎？和節目一樣，他接下來要介紹自己的公司……以你的情形，是小說。要是有趣，大家就會報一個金額。要是金額達到你想要的投資金額時，投資就會成立，這筆錢就是你的了。如果沒有達成……是呢，你就和『漲三成』來一發，簡單說，也就是衣原體之刑。」

廣一雖然曾被大家捉弄過，但從未遭遇嚴重的霸凌。吉田似乎相當不喜歡被稱為「你這傢伙」。他身後就坐著一個漂亮的女生，可能也是助長他怒氣的原因。

廣一知道被稱為「漲三成」的隔壁班女生。她總穿著異常短的裙子，露出粗粗大腿。綽號的由來大概是體型。身為同為被取綽號的「田井中開關」，廣一雖然同情她，但還沒到會答應吉田提議的程度。

奇怪的是，自從吉田把性當作懲罰遊戲提出來之後，廣一的心情就變得有餘裕了。剛才自己最討厭的，大概是無法對吉田的發言左耳進、右耳出的自己。多虧對方變成低級庸俗的存在，廣一對自己的信心也相對恢復了。

吉田繼續道。

「你的期望投資額要多少？二、四、六……有十二個人，所以就十二萬好了。」

吉田自顧自地決定。期望投資額到底是什麼？廣一想。一人一萬元這個金額，對錢包應該是個不小的負擔，卻沒有任何人抱怨，所以實際上大概沒人會付。兩個抓著廣一肩膀的男生，心領神會地把廣一帶向講桌。廣一清楚反抗也沒意義，即使腳步踉蹌，也還是乖乖跟著走。只聽到身後又是一陣稀疏笑聲。

廣一被推上比地板稍高的講台，厭煩地抬起臉。面對這麼多朝著自己的面孔，幾乎一陣頭暈目眩。兩個男生離開廣一身旁，堵在前門附近，把守出入口，以免他逃離教室。

廣一望著整個教室。啊，眞討厭啊。

即使此刻突然福至心靈，完成以原本口才根本不可能達到的表演，大概也不會有人支持自己。現在的氣氛就是像已經決定好結果的假比賽。

如果是採取更簡單易懂的惡劣手段對付自己，也許心情還比較輕鬆。儘管不像平常那樣悲慘，但只要想到不論說什麼都會遭到批評議論，就感到怯於開口。萎縮的心在胸口徘徊一陣子，但一想到造成這一切開端的人，怒火就收束集中，向目標噴湧而出。

廣一感受著沸騰的血液，再次快速地環顧了教室中的面孔。班長不在。確認完的同時，廣一開口了。

「只要說小說內容就好了嗎？」

吉田從後排座位出聲喊道。

「要讓每個人都感興趣喔！這個時候就讓人無聊的話，應該就沒救了。你是作家的話應該辦得到吧。」

誰是作家啊，廣一在腦中說，想像著拿鈍器連連朝吉田的腦袋猛揮。

「明白了。」

廣一說完，將視線固定在教室後面的布告欄上。

「首先……我不是寫奇幻故事。這是寫實的現代故事，地點是在鄉下，就像這裡。」

廣一眨眼。就像按下快門，把失焦的教室烙印在腦海中。

「主角是學校的老師。」

廣一的心情正逐漸飄離原地。

「他有一個祕密，就是他其實有不能被任何人知道的本性，但他隱藏得很好。他欺騙了所有人。他實在太擅長說謊了，因爲他從小開始，就是一個騙子。」

大概覺得看向無人方向的廣一很奇怪，一名學生回頭看了背後。

「每個人都以爲他是一個好人。不論是學生，或是其他老師……就連學生的父母也是。不過他其實是一個糟糕的傢伙。一旦祕密曝光了，他就完蛋了。大家都會覺得被背叛了。實際上也的確是背叛，因爲他根本就是個不該當教師的人。」

「什麼祕密？他其實是殺人狂之類的？」

有人插嘴。廣一向教室中央，清楚地丟下一句話。

「他是個變態。」

教室裡安靜了下來。

搞什麼啊，廣一想。平常大家明明都在講更露骨的下流話，現在卻明顯退避三舍。

「總覺得，像你這樣的傢伙說出變態二字，莫名讓人不舒服。」

盤腿坐在桌上的吉田說道。

廣一雖然不明白「像你這樣的傢伙」到底指什麼，但他決定記下，要是自己談論這類事情，只會讓對方厭惡。廣一看向大家。教室內依舊處在微妙的氣氛中，沒有任何反應。廣一呆呆站著一會，但判決遲遲不下，他只好先點個頭致意。結果從好幾個地方，同時揚起「咦」的輕呼。

「就這樣？」

廣一點頭回應提問的男生，對方下巴從托腮的手上移開。

「好了，那麼大家，請依序講出投資額——」

像是要提醒眾人，吉田刻意用興味索然的語調說話。他指向站在出入口旁的男生。被點名的男生露出觀察狀況的神情後，小心翼翼張嘴。

「一百元。」

由語尾帶點上揚的這句話當起頭，大家接二連三地喊出一百元。依序輪到似乎自然被設爲最後一人的吉田時，吉田盯著自己的指尖，無趣地說道。

「投資不成立。」

他甚至沒說自己的出資額，不過也無所謂。吉田抬起頭，看向廣一。

「十二萬減一千一百元是多少？」

「十一萬八千九百元。」

「那麼，你明天就把那個數字的錢——取整數，十二萬好了。明天要帶十二萬喔。」

「不是說要和漲三成怎麼樣嗎？」

「我們就是在講那個費用啊。」

廣一隨口把想到的話講出來。要是寫小說也能像這樣，自己冒出想法就好了。

「費用不用漲三成嗎？」

廣一的話讓一名男同學發出鬆散的笑聲，但他一發現只有自己在笑，就立刻閉嘴了。

「你果然不行啊。」

吉田說道。這傢伙到底怎樣？從剛才就自以爲很懂地一直說不行。廣一在心中吐槽。

「喂，誰去聯絡漲三成。我們換地方。」

吉田冷酷的說法，終於讓廣一感受到眞正的危機感。他原本抱著天眞的想法，以爲要是眞的可能讓相關人員全員停學的懲罰遊戲，早在一開始的階段就無法成立。吉田的詢問讓同學們面面相覷。

「我不知道聯絡方式。應該說，我刪掉了。」

「我也是。」

吉田嘖了一聲。

「女生裡有人認識嗎？」

女生們不是搖頭就聳肩，看到女生們沒人說話，吉田嘀咕一聲「搞什麼啊」，轉過坐在桌上的身體，把坐在椅子上的女生困在兩腳之間。

「吶——小百合，妳應該知道吧？妳倆感情挺好的吧？」

被夾在中間的女生一言不發，繼續用手機。

「把她叫出來啦。好嘛——小百合、百合親，妳有在聽嗎？」

吉田搖晃他的腳。即使身體被晃，「小百合」依舊不爲所動地擺弄手上的機械。吉田伸手去摸那頭光滑的頭髮時，突然傳出「啪」一聲巨響。

「小百合」拍開了吉田的手。

「吵死了，你這傢伙！」

女生口中突然冒出的怒吼，讓廣一的肩膀一顫。

「你命令誰啊，下三濫。要叫漲三成的話，你自己叫。反正是她把性病傳給你吧。」

她把手肘擱在椅背上，抬頭瞪向吉田。美麗的面孔讓她顯得更有魄力。她再次把視線垂向手機。從髮絲間隙中，只見她嘴唇一撇，再次發出怒吼。

「是說由美子也太慢了吧！」

火大，有夠扯，我要閃人了。「小百合」嘀咕著，手指在手機上高速敲打。吉田連忙安撫她。

其他人沒怎麼露出驚訝的神情，而是帶幾分陪笑地看著這一幕。沒人注意廣一。他竭力不引起注意地迅速朝門口移動。靜靜拉開門。守在門口的男生回頭，喊出「啊」的瞬間，廣一就一口氣衝了出去。

來到體育館的牆壁前，廣一按著牆壁，調勻呼吸。

潛意識猶如歸巢本能，廣一奔跑的雙腳自然而然地帶著他來到此處。這裡是廣一在學校中最放鬆的地方。剛才緊繃的情緒，此時逐漸緩和。

緊接著，廣一想起剛剛，不禁呻吟出聲。

自己到底爲什麼要說出那些話呢。這下完全下不了台了。廣一很清楚，這意味著徵文結果發表的時候，自己一定會遭到羞辱。也許結果發表的時候，已經沒人記得廣一投稿，但是牽扯到二木的話，他一定會懷著惡意，再次提起這件事情。這所學校沒有換班。另外，即使升上三年級，二木不再是班導，可是只要有美術課，廣一就無法避開二木。

不，現在更應該擔心的是，從明天開始，廣一在學校究竟會面臨怎麼樣的待遇。

腦中一片混亂。

他擦了擦汗濕的脖頸。算不上熾烈的十一月陽光，和操場上進行社團活動的運動社團團員的聲音，壓向從早上就持續低燒的身體。

現在得等吉田他們離開教室。他逃出來的時候，把裝著錢包、手機和公車定期月票的書包，都留在教室裡了。全身沉重無比。大概是因爲身體不舒服，卻還勉強全力奔跑。廣一感受到身體透支的帳此刻全都湧上來。

他扶著牆壁，轉過轉角。

當微微睜開眼時，全身再次竄過緊張的電流。在他的視線前方，一個女生就坐在一小段距離之外。

兩人都僵住了。

廣一正用走進廁所隔間般的放鬆狀態，轉過轉角；對方在廣一出現的瞬間，似乎正把手上的東西扔到排水溝縫隙。從飄在她周圍的煙霧來看，她剛才丟的東西顯然是香菸。

長長的棕髮遮住了她的側臉。廣一眼前的人是班長。

腳步的停滯只是短短一瞬，廣一隨即往前邁開步伐。

他試著假裝自己只是要去一個非得經過這裡的地方，但雙腳有點僵硬。隨著他離班長愈來愈近，剛才應該直接折返的後悔心情也愈來愈強。廣一原本以爲繼續往前走，會比露骨避開更自然，付諸實行之後，才發現這麼做很奇怪。

班長立著一邊膝蓋，就這樣一言不發地坐著。

此刻感受到的壓力，究竟該怎麼表現呢？廣一想。從被拴住的惡犬面前經過。或是無視聚在便利商店前的不良少年，通過自動門。用聯想遊戲代替念佛號的廣一走過班長面前。當她消失在視野中時，他吐出一口氣，放鬆臉上的肌肉。

「錯了錯了。」

背後傳來的聲音，讓廣一的胃又悄悄挪了個位。

「那邊只有禮堂喔。」

「我知道。」

廣一小聲回答，加快了腳步。

「吶。」

班長稍微提高音量，讓廣一停了腳步。他回過頭，絲毫不掩飾想立刻逃離的表情。

班長盯著廣一。

廣一已經許久不曾和她對上視線了。

被一頭長髮簇擁的小巧白皙臉蛋，長得就像人偶，令廣一感到懼怕。廣一一邊覺得自己竟然害怕這麼嬌小的女生，實在太過荒謬；同時又覺得班長看起來愈女孩子氣，就愈是令他心生恐懼。

班長默默地招了招手。

廣一沒有動。班長再次招手。雖然覺得要是有事就自己來，但還是不情不願地順從了。

「如果妳要說香菸的事，我不會告密的。」

「不是啦。」

班長大大的眼睛往上看向廣一，隨即又垂下視線。她飄忽不定的視線，也許代表感到尷尬的不只自己。正當廣一這麼想，班長開口了。

「總覺得我們好長一段時間沒說過話了。」

「嗯，確實。」

廣一盡可能回答得簡單俐落，避免話題繼續。依舊沒看向廣一的班長，摸了摸膝蓋。對話就此中斷，廣一捏緊了手。正當他試著把卡在喉嚨的問句「所以有什麼事？」，調節成不會太凶的語氣再說出來的時候，班長已經說下去。

「關於今天早上，二木老師在班會時間說的事情。」

「……啊——」

廣一只能曖昧地含糊其詞。

「是說，你不坐下來嗎？這樣很難說話，除非趕時間。」

班長抬起頭提議。猶豫片刻，廣一和班長保持兩個人左右的距離，在水泥地面坐下。大可說有急事來逃離現場，卻還是被牽著走，廣一的腦袋一隅浮現懊悔的念頭。

班長低聲說道。

「我覺得那個說法有點壞心眼。」

這句話讓廣一轉頭看班長的側臉，只聽她又補上一句。

「我是說二木老師的說法。」

「啊，這樣……」

廣一雖然驚訝竟然有人感受到二木的惡意，但還是含糊地應聲。他想懷著「有點壞心眼」以上的憎惡點頭同意，但覺得附和別人的壞話，實在有點遜。

「不過我聽他那麼說，第一個感想是『眞厲害』。你要投稿參加比賽，對吧？」

「沒什麼厲害的，投稿的話誰都能做到。」

「光是在寫小說就很厲害了。我作文全不行，讀書心得更是討厭得不得了。」

「我也不喜歡讀書心得。」

「爲什麼?和小說不一樣嗎?」

嗯，廣一回答。結果他毫無理由的好惡，倒是讓班長自己品味出一股深意。

「你果然有那方面的天賦，我從很久以前就覺得你不一樣。」

只因爲和普通人不一樣，就不假思索地認爲有某種天賦，這樣的發言讓廣一很受不了。這個人也和以前的自己及母親有著同樣的幻覺，他厭煩地想。

對不起，班長說。

「我剛才說了蠢話。」

廣一盯著自己的腳尖。

「嗯，妳是說了。」

「我想也是。把剛才的話忘掉吧。」

「用寫作以外的東西來判斷有沒有寫作天賦，實在很奇怪。」

「你在意的是這個?」

班長這麼說著便笑了。廣一斜眼偷瞄她的表情，卻從她張開的嘴巴，看到裝在上排門牙上的牙套，不禁怵然一驚。

他不知道班長現在竟然裝著那麼笨重的東西，而他不知道的事情不只如此。他第一次知道班長會吸菸，以及像這樣開口說話之後，意外地發現她和以前一樣健談。班長應該也不清楚廣一的現狀，然而兩人現在卻像這樣在交談，實在不可思議。

「不過我覺得最厲害的，是向大家說要投稿參賽。」

「哦。」

廣一含糊地應了一聲。

「因爲一想到拿不出成果，就讓人覺得很害怕吧？要是我的話，我就誰也不說，自己私下投稿。」

「我也覺得這樣比較明智。」

「嗯，但是啊。」

班長從口袋掏出一包藍色的香菸。

「要是保密的話，胸中的心情就會愈來愈悲觀。還會給自己想出一堆消極的藉口，告訴自己不可能，或是還有更多其他事情可以做之類。」

班長把手指伸進香菸盒，拿菸的手法顯得不太熟練。

「既然有不挑戰會後悔的預感，就表示自己其實已經決定好了。然而回過神的時候，卻發現自己放手錯過好幾次機會。每一次的退縮，都會更加厭惡起自己薄弱的意志力，然而同時變得愈來愈會替逃避找藉口，於是又因此陷入自我厭惡。到了最後，對逃避的自己抱持著厭惡，這件事本身就是鎮靜劑。」

班長沒有點燃香菸，只是拿在手中把玩。

「不過今天早上，當我聽到田井中想告訴大家，自己要投稿參加比賽，我忍不住覺得：原來如此。人的意志力很薄弱，但這很正常。所以田井中完全不指望自己的意志力，而是選擇讓外界對自己施壓。一直以來讓我煩心的軟弱內心，突然變得理所當然了起來。於是我也覺得自己明白到底該怎麼做了。」

正在用香菸輕點嘴唇的班長，突然整個身體轉過來，盯著廣一。她的眼瞳是褐色的，連同一頭明亮棕髮和白皙面龐，整體對比給人柔和的印象。廣一就像帶著斥力的磁鐵一樣彈開身體。

「太好了。」

廣一只能擠出這句回答。班長認眞地盯著廣一的臉一會，然後笑了。

「你對其他人沒興趣吧？」

「咦？」

「因爲你沒問我：那妳的目標是什麼？」

聽到這句話，廣一思考了幾秒，然後赫然察覺。

「啊，妳剛剛是在說自己的事情？」

「咦！不然你以為我在說什麼？」

「我還以為妳在說別人的事情。」

「你領悟力太差了。這已經不是外星人那種等級的問題了。」

這麼一說，廣一也覺得早該察覺，班長其實是在講自己。廣一邊對自身的遲鈍感到傻眼，也對她竟然還記得令人懷念的綽號，感到一種苦澀奇妙的感傷。

「所以妳的目標是什麼？」

廣一出於些許純粹的好奇詢問，只見班長坐回原本的位置。

「不告訴你。」

廣一手足無措。

「我們剛剛在談的，難道不是要說出自己的夢想，好激勵鞭撻自己嗎？」

「是沒錯，不過我現在還沒勇氣。如果我現在說出口，結果在你的臉上，看到『妳做不到吧』的反應，哪怕只有一點，我的內心都會遭到嚴重打擊，尤其是我的夢想。」

說到這裡，班長往內抿起嘴唇。廣一想起裡面的牙套，這次終於隱約猜到，她的夢想八成和外表有關。

廣一回答。

「雖然我還不太清楚，不過我就不問了。」

「謝謝。」

她的聲音彷彿看穿了廣一的謊言，讓他有些狼狽。

不過，我認爲如果是島崎同學，不論什麼事都能辦得到——這樣的話浮上嘴邊，但廣一還是選擇閉嘴。這句話太不負責任，而且要是對班長太親切，廣一覺得接下來只會落得更沮喪的下場。兩人之所以能像這樣交談，是因爲此處沒有其他人。廣一很清楚，要是旁邊有其他學生，班長絕對不會對他表現得這麼親近。

即使如此，廣一也不覺得班長的行徑特別狡猾。畢竟不論是誰，爲了與周遭打好關係，立身處世自然很重要。

從廣一的左側，朝班長的方向吹起一陣風。剛才跑步流的汗開始變冷，讓廣一一陣哆嗦。不過他更在意的是，班長會不會嫌自己汗臭味太重。只見班長終於點起剛才拿在手中，把玩許久的香菸。

「我要走了。」

「啊，抱歉，很臭吧。」

班長在地面捻熄香菸。

「我會換個地方。你是想用這裡才來的吧。」

班長說完，就把菸蒂收進取出來的銀色盒子裡。她探頭望向先前看到廣一時扔下香菸的排水溝，喃喃自語地抱怨：「我才想說要改掉隨手亂丟的毛病呢。」廣一忍不住對她提出一個很單純的問題。

「那個，雖然只是我的印象，不過妳基本上應該是一個個性認真的人，怎麼會開始抽菸呢？」

班長一邊對排水溝蓋施力，一邊回答。

「認眞的人才更容易累積壓力，不是嗎？」

「哦——」

「嘿，你沒有免洗筷？」

排水溝蓋似乎拿不起來。廣一搖了搖頭，班長便低聲說「這樣啊」，低頭看著排水溝裡面。她維持這個姿勢一陣子，突然開口。

「我決定了。如果田井中得獎了，我就告訴大家我的夢想，然後試著挑戰。」

廣一一臉驚愕地張開嘴。

「這種做法也太狡猾了！」

「還好吧，就讓我拿來打個賭嘛。這就跟故事中的旅人遇到岔路，不知道該走哪邊，就靠樹枝倒下的方向來決定一樣。我要用哪種方式來賭，是我的自由。」

「妳也考慮一下，我聽到妳這麼說以後，壓力會有多大。」

班長聞言呆愣了一下。

「反正不管怎麼樣，你都會認眞寫吧。」

廣一臉頰抽動。沒想到撒一個謊會變得這麼麻煩。

「我可不是會向病童承諾全壘打的棒球選手。」

「哦，但滿接近的。」

班長站起來，在沾上塵土的裙子後面拍了拍。

「老實說，你不是被大家瞧不起嗎？要是能拿出讓他們刮目相看的成果，就可以來個逆轉全壘打了。我說不定就是想看看這種熱血的戲碼，才會賭在你身上。」

「……我不覺得這是好主意。說到底，妳只是想把決定委交出去而已。如此一來，失敗的時候，妳就不用責備自己。」

因爲被班長點明被大家瞧不起的事實，廣一刻意把話講得很難聽作爲回敬，但班長不爲所動。

「你講得眞像我爸會說的話，他老是說，窮人總愛賭博算命，可能就是因爲他們老愛把希望寄託在旁人身上，才會變窮光蛋。」

廣一不太想聽到班長提起她父親。多虧班長對關西方言活靈活現的模仿，過往不愉快的記憶頓時歷歷在目。

「總而言之，妳與其把賭注押在我身上，不如靠樹枝倒下的方向或其他任何方法來決定。隨便哪個方法，勝率大概都會比我高。除非妳是想找勝率低的當作放棄的藉口，那就另當別論就是了。」

「是嗎？我倒覺得田井中很有希望呢。」

「我說過了，妳看都沒看過就這樣判斷，很荒唐。」

「我可不是毫無根據就這麼說喔。」

「妳有什麼根據？」

反正班長想必只是隨口說說。她如果是認眞的，就大錯特錯了。只看作者根本無法推斷作品內容。二木就是一個好例子。賭氣的廣一抬頭望向班長。班長帶著莫名堅毅的表情，對面前的廣一回答。

「直覺。」

廣一的視線緩緩地從她的臉往下移開。他盯著擋球網唯一綻開的漏洞，喃喃地重複了一次「直覺」。班長的答案一如預想，只是隨口說說。不過廣一除了傻眼外，還湧起其他複雜的情緒。不知道班長是如何解讀廣一的反應，只聽她開口說。

「其實，我認爲直覺並不是什麼超自然的東西，而是人透過眼睛和耳朵得到資訊，有所察覺卻無法付諸言語，所以就統稱爲直覺。」

我知道，廣一心想。仔細一想，大家都是靠直覺來判斷廣一。好像有點怪、好像和大家不一樣。他甚至連個病名也沒有。二木之前也曾經用直覺這個詞，看穿廣一對他執著的原因，並不是出自於正義感或單純的洩憤。直覺是足可信賴的東西，所以廣一才會對人們的直覺，感到如此畏懼。

「謝謝。」

廣一這麼說，並不是爲了表示感謝，而是暗示他不想再談。田井中，班長叫住他。

「你自己不也隱約有這樣的直覺嗎？你認爲辦得到，所以才會動筆寫小說。」

廣一看向班長。自己內部當然有可以稱之爲直覺的東西。比如他寫小說給二木看時，開始動筆的奇妙信心。如果要說更久以前的例子，那就是相信自己有什麼特別專長的模糊預感。不過那些都是出於自尊心的妄想，廣一心中冷靜的自己如此勸告。這句話總是懸掛在心中某處。

「我可以相信別人的直覺，但無法相信自己的。」

「爲什麼？」

「因爲自己的願望會摻雜『如果能這樣就好了』的祈願。」

說出口的瞬間，廣一覺得這句話彷彿化成現實。

果然還是回家吧，正當他這麼想，班長開口。

「田井中的話，一定做得到。這是我的直覺。如果是別人的直覺，你就可以相信了，對吧。」

聽到這句話，有什麼東西靜靜地從廣一的肚子深處冒了出來。

那是笑意。

你做得到，這句自己先前想說又放棄的台詞，現在卻被班長輕易地說出來。老實說，廣一覺得班長太過輕率；同時也對剖露沒必要講出來的心聲，引導班長說出廉價安慰的自己，覺得很令人倒彈。他皺起眉，臉上浮現嘲笑自己與班長的彆扭笑容。結果眉頭卻不知爲何，突然皺得更緊。

不妙，廣一心想，迅速地放下內心的閘門。

「島崎同學。」

「嗯。」

「謝謝。」

這句道謝和先前一樣，包含廣一想結束話題的意思。他覺得不趕快結束的話，自己也許會露出難爲情的樣子。班長點了點頭，彷彿明白這句「謝謝」既是結束對話的暗號，不過這次同時包含著原本的語意。

其實廣一本來並不想道謝。擅自把夢想的第一步託付給人，擅自發言鼓勵人，還擅自把過去的事情提出來。小學時聽從她一時興起的計畫，滿懷希望地出門的自己，到底懷著怎麼樣的感受，她根本不知道。

但那件事也不能怪她。畢竟是廣一擅自抱著希望。

廣一垂頭往下看。幸虧他迅速關起心門，現在才不至於再次露出似哭非笑的扭曲表情。也許是因爲拉開了距離，廣一現在清楚自己剛才發生了什麼。

班長大概並不知道，自己道謝的眞正理由。她想來以爲廣一是在對聲援表達謝意，實則不然。她所說的話，讓廣一對某項東西的印象稍有改變，廣一才因此向她道謝。

她是第一個以正向方面，將直覺這個恐怖的東西，用在廣一身上的人。

11

廣一從壁櫥裡拖出紙箱，打開裡面的筆記本。

他從用小孩字跡寫下的故事摘取重點，視線就像擦窗工人的手勢，迅速不停往下掠過。每翻一頁，就重複相同的動作。

這個不行。

他馬上把筆記本移到旁邊，用另一隻手取出下一本筆記本。

這個也不行。現代職業摔跤手透過時光旅行，回到古羅馬成爲角鬥士？以小孩寫的來說，是個不錯的故事，但要正確描寫，就需要清楚摔角，以及羅馬和希臘的差異。對於不甚了解的廣一來說，太超出能力範圍，而且他對這個題材也沒有足夠的興趣，會讓他想要深入理解相關知識。

下一個。

逃亡中的恐怖分子闖進小學，小孩主角擊退恐怖分子，被眾人抬起來歡呼。

嗚哇，只能如此表現的情感湧上。廣一的臉開始發燙。

下一個。

在車站月台，設置於上行路線和下行路線的全身鏡，是對照的鏡子。每當電車經過兩者之間時，就會引發神祕現象，車上必定會有一名乘客大喊：「大家都去死！」

這個故事意義不明，他似乎寫到一半就膩了。廣一試著挖掘當時的記憶，回想究竟是抱著什麼想法創作。他隱約記起，當他還小，仍然住在東京的時候，曾經在電車上遇到大人突然大喊令人不安的字眼，讓廣一對那個人抱持強烈的恐懼。看來恐懼的對象，就這樣成爲創作的題材。

以整體傾向來說，大多是類似《世界奇妙物語》的故事。廣一並不討厭這類風格，但是不論哪一個題材，他都想不出故事該怎麼發展。廣一繼續翻閱筆記本。

三月底截止，當日郵戳有效。

投稿規定張數：四百字稿紙一百張到三百張。徵文主題：廣義的娛樂作品。

以上就是投稿的規定。

今天是十一月十日，還有大約四個半月。把要做的事情簡單整理一下，一共有四件事要做：決定題材，想好劇情，實際動筆，修訂完稿。

上次寫衍生作品，沒有第二項「想好劇情」的流程，廣一只是決定了大綱。當時儘管是迫不及待想給二木看自己的作品，所以下筆比較趕，但並沒有不可動搖的截止日期。這次不同，沒有航海圖就出海，要是觸礁就糟了。

廣一快速掃過小時候寫的故事，覺得有些好笑的同時，又有些羨慕。真虧當時能夠想出這麼多故事。要說羨慕的話，此時的廣一，甚至開始羨慕前陣子寫同人小說的自己。現在已經沒辦法像那個時候一樣，處在從決定下筆的那一刻，就開始文思泉湧的狀態。

什麼也想不出來。

最糟的是，長到這麼大，廣一發現現在的自己最爲「普通」。

廣一腦中能夠想到的，就只有現實層面的事情，例如從截稿日期逆推回去，必須在多久之前完成多少工作，才能來得及。因此此刻才在挖掘以前的靈感。一想到求救的對象是小學生，就覺得難爲情。

即便如此，廣一也別無選擇，只能這樣做。

雖然不知道實際上到底存不存在，廣一還是在心中向神明道歉：

我現在想寫小說，絕大部分的因素是想在班上的討厭傢伙，以及一個女生的面前，維護自己的面子，而不是帶著百分百純粹的創作欲望。但我對祢滿懷尊敬，如果要說誰能從無到有創造東西，答案非祢莫屬。請寬恕只是一個小小人類的我，並賜給我靈感吧。

廣一這麼想著，繼續掃視筆記本。如果真的有神，自己這種任性傲慢的人類一定會遭天譴。但同時覺得會遭天譴這種想法，說起來根本就是自我意識過剩。神明說不定根本不會對渺小的人類多看一眼。

廣一停下了手。

畫風不同的文字串突然映入眼中。

ㄩㄩㄩ小ㄒㄒ小小ㄦㄥㄥㄥ話話

ㄩㄩㄩ村ㄌㄌ手ㄤㄤㄤ茂ㄤㄤㄥㄥㄥㄥ

哦，廣一點點頭，視線滑過文字。他匆匆掃過一遍，大約掌握意思後，就把筆記本拿遠，觀察整體。他如此重複幾次，就看出全貌。

筆記本上是一隻動物。

在被「看起來是灰色的文字」填滿的圓形背景正中央，是一隻用「看起來是黃色的文字」畫出來的擁有三角形耳朵的動物，上面還用「看起來是黑色的文字」，畫出眼睛、鼻子、鬍子等五官。

看來還是小學生的自己，寫故事寫到膩，開始塗鴉了。

廣一把筆記本放在一邊，從書包裡取出現代國文的筆記本。他往回翻，翻開幾個月前，在上課時塗鴉的現代國文老師人像畫。

ㄗㄗㄗㄗ秋ㄚ妙ㄈㄈㄈㄦㄦ妙ㄦ。廣一用屬於黑色的文字來表現臉和頭髮，肌膚部分是白色，背景則是灰色。在自己以外的人眼中，就只是隨意寫下的一堆文字。廣一就是用這種方式，畫出像是老舊遊戲點陣圖的簡略人像畫。

與注音符號相比，國字之所以比較少，是因爲筆劃多太麻煩。然而，一種顏色如果只用同一字表現，只要把同樣的字塗掉，就會看出畫的是什麼，如此一來就會太過無聊。這是一種暗號遊戲。即使是同種顏色，廣一也會適當地交錯使用同色系的其他文字來塡色。話雖如此，就連廣一也無法完全掌握，怎麼樣的文字會對應什麼顏色。他只知道每個字都有固定的顏色，不會受字序影響，但包含國字在內的文字，數量在太過龐大。

廣一看著彷彿會出現在早期《勇者鬥惡龍》中的現代國文老師的點陣風人像畫。在他的腦中，並沒有類似反查字典的機制，能從顏色找出相對應的字。當時自己應該是從黑板上就地取材，用了上課內容中的文字畫圖。廣一再次看向筆記本：小學生的自己，又是以什麼爲色票來畫這隻動物呢？

在灰色背景中央的動物，有著尖尖的耳朵，尾巴很粗。狐狸，小學生。想到這裡，廣一腦海中便浮現出答案。答案就是課本上的〈狐狸阿權〉。

用來塡上「阿權」背景的文字中的「茂」，想必就是農民茂平的茂。大概是不曾寫過茂的國字，廣一漏寫了草字頭右下的點。想通之後，廣一心滿意足地嘆了口氣。他曾聽說，呼之欲出的記憶就這樣放置不理的話，每次都會死去大片腦細胞。雖然想也知道是騙人的，但要是眞的就慘了，畢竟廣一接下來可是要爲了寫小說燃燒大腦。

「不對啦。」

廣一喃喃地自言自語。現在要找小說題材，不是想這種事情的時候。他再次翻開筆記本，卻聽到樓梯吱吱作響，緊接著響起敲門聲。

「廣一。」

母親從走廊裡喊道。

「早點去洗澡，我要把熱水放掉。」

好。廣一應聲後，打開房門，卻看到正準備走下樓梯的母親一臉驚訝。

「眞聽話。」

本來廣一最討厭在作業途中被人打斷，但他現在毫不在意。

這就是他陷入瓶頸的證據。

廣一泡在浴缸中，用濕漉漉的手搓揉眼皮。

回顧目前手上的題材，暫定的最愛是「殺手和屍體處理專家的故事」。故事是火葬場的職員收錢，幫忙用焚化爐消滅犯罪的證據。廣一不知道該佩服小學生想到這種題材，還是該覺得自己眞是令人不舒服的小孩。這大概是在火葬場看到祖父的遺骨時，得到故事靈感。當時確實難過得不得了，卻同時在想這樣的故事，想想應該是後者。

以殺手爲主角，配上屍體處理專家的角色。不，讓屍體處理專家當主角，或許比較有趣。廣一把過去寫下的粗略故事重新改寫：某一天突然繼承了火葬場的主角發現，火葬場其實在暗中承接處理屍體的業務。面對一條由前任老闆和殺手之間鞏固下來的管道、高額的謝禮，以及在弄髒雙手前抽身就會沒命的恐嚇，主角被迫下海，投身於這個不可告人的工作，處理殺手接連送來的可疑屍體。

廣一把臉浸在熱水裡。漂蕩的頭髮撩撓臉頰，感覺就像昆布絲。這個故事只要再加筆修改，姑且還算有個樣子。

不過，要寫殺手的故事嗎？廣一思考。在娛樂小說登場的職業之中，如果要依序排出數量最多的職業，第一名應該是刑警，而殺手恐怕在前五名。

在水中吐氣，氣泡掠過臉頰，浮上水面。

在殺手登場的瞬間，評審感覺會說著「又來了」，把作品推到一邊。還是說，殺手故事會因爲數量太多，結果自成一個類別，反而無所謂？廣一對此毫無頭緒。

思緒陷入泥淖，眉間擠出深深的皺紋。他覺得似乎忘了一些重要的事情。當耳朵深處響起「嘰——嘰——」聲響的瞬間，廣一連忙從水中抬起臉，大口呼吸。原來遺忘的是呼吸。胸口上下起伏喘氣，心情直線下降：要是能想出更獨特的點子就好了，枉費平常被叫外星人，在這種關鍵的時候，難道就只能冒出平庸的想法嗎？

他從浴缸起身，在不用淋浴就濕透的頭髮上抹洗髮精。明明已經吸進足夠的氧氣，卻依然有東西卡在腦裡。他皺著臉，往頭皮搓揉泡沫，忽然想起之前看到的阿權塗鴉。

文字看起來帶著顏色，這不是獨特又有趣嗎？

廣一隨即打消了這個念頭。文字和顏色的連結，也沒多稀奇。學校的課表上，數學不知爲何多被塗成藍色；黃色是尖叫聲之類的表現，在世界上也很普遍。想來即使程度有所差異，規則性的有無也有所區別，不過這大概是每個人都有的感覺。廣一不覺得這種感受性有用處。優點頂多是畫了損人的人像畫，也不用擔心被罵，因爲沒人看得懂。

廣一出神地搓揉著頭皮。

畫圖嗎。

如果事情相反過來呢？

針對突然浮上的疑問，他慢了半拍才思考起問題的涵義。反過來？用乍看毫無意義的文字列來畫圖，反過來就是透過自己的雙眼，目睹有意義的字句時，看起來是什麼樣子。

如此一來，答案就很簡單。一言以蔽之，就是發霉。他只要翻開書，就能看見紙上彷佛布滿五顏六色的黴菌。幸好他平常閱讀時，不會特別意識到顏色。此外，他只有在確實識別文字後，文字在他眼中才會帶有色彩，因此還沒讀到的部分就不會上色。帶有顏色的文字外表予人生理上的不快，絕對不是賞心悅目的存在。到目前爲止，廣一見過的有一定長度的文字，別說美麗的圖像，就連漂亮的配色都談不上。廣一記得以前曾在電視上，看過一位能看到聲音顏色的少女聽著汽笛的音色作畫。從她筆下描繪而出的，是一幅奇幻美麗的畫。然而，他很快意識到，少女的畫和自己的感受完全不同。少女的畫是由強而有力的深棕色，以及成對比的寒色系色彩構成。給人的印象更接近透過想像，來結合聲音和色彩。廣一並不是想拿對方和自己比較，他只是單純覺得兩人感受的方式不同。

即使用自己的感受，將文章付諸圖畫，大概也無法變成令人眼前一亮的作品。除非大家能把作品看成前衛的抽象畫，如此一來，說不定還行得通。

使用文字的抽象畫。

廣一用蓮蓬頭往頭上沖熱水。僅憑下意識也能完成的簡單清洗，比起只是在筆記本前呻吟，至少能讓廣一假裝並非無所事事，找到藉口解開大腦的枷鎖。

不知不覺，開始在腦內進行編織。

試著先把染成題材顏色的毛線，適當地編成一排。他尋找能穿過棒針的針目，串起來再織下一排。織了幾排後，找不到可下針的針目，他就全部拆掉重織。如此持續下去，儘管不知道成品會是單色的圍巾、毛巾，還是隔熱墊，但最終總是會有東西成形。廣一再次拆開重織，他這次試著從第二排織入不同色的毛線，只不過他還沒決定好要織成什麼圖案。隨著他織出的部分愈來愈多，廣一發現一處突出的針目。面對這處並非故意為之的針目，他心一橫，從針目穿入棒針，穿過從第二排編入的強調色毛線，而不是主色的毛線。

剎那之間，圖案的模樣在廣一的腦中浮現展開。

他一邊用起泡的毛巾擦洗脖子，一口氣用力解開剛才編織起來的毛線。

和先前鬆散的編織不同，這次從開頭就十分縝密，一如腦海中的藍圖。棒針不停上下穿梭，大略的文章已經成形。他對此自然是大喜過望，求之不得。只是令人害怕的是，此時浮現於腦海中的畫面，也以驚人速度散逸。不馬上行動就會消失無蹤，宛如夢境的記憶，在起床的一瞬間，落入永遠無法重見天日的地方。

廣一把起泡的毛巾掛在水龍頭上，打開浴室門時，身後傳來濕答答毛巾落地的聲音。他隨便擦了擦身體，在腰間裹了條毛巾，就衝向客廳。他一拿起放在電話機旁的便條紙和原子筆，就站著伏桌用潦草的字寫下故事情節。他感覺身上的毛巾似乎滑落了，但他現在可沒工夫管毛巾。水滴從劉海滴下。

「我說你這孩子！」

從廚房傳來一聲低喊，廣一朝聲音方向瞥了一眼，視線隨即又落回手邊。母親拿著裝水的杯子和安眠藥，用蘊含怒氣的聲音開口。

「地……」

「地板我晚點會擦。」

「你好歹穿個褲子吧。」

「抱歉了。」

廣一飛速地寫下去，激動不已。他想盡快寫出這個故事。此刻的他已經感受到之前體驗過的亢奮情緒。

然而，在他胸口的中央，彷彿有一塊冰冷沉重的石頭，讓周圍的熱度逐漸下降。無論其他部位有多熾熱，都保持著冷冰冰的狀態。

誰知道呢，這個故事。

說不定根本無聊透頂。

石頭壓在飛揚的心情上，重量使得廣一難以展翅高飛。

他就這樣振翅展開名爲半信半疑的低空飛行，搖搖晃晃地飛向只剩四個月的路程。

12

日子一下子就過去了。

時光轉眼飛逝。

光陰流轉似箭。

透過走廊窗戶見到的光禿禿樹木，以及期末考結束後，充滿解脫感的校內氛圍，讓廣一想起好幾句類似的句子。不論哪一句都是陳腔濫調，很難用在小說裡。

手指搭上門把，門後似乎不只一人。他下意識地猶豫一下，最後還是拉開了門。

三對眼睛，應該說，三副鏡片一齊轉向廣一。坐在教室深處的三個女生，不知爲何全都戴著眼鏡。坐在前方的銀框眼鏡女生，是廣一班上的同學。後面的另外兩人，則是不同班或不同學年的學生。每個人氣質都文靜乖巧，讓廣一鬆了一口氣。

廣一在與她們有些距離的前排座位落坐。因為沒事可做，便拿出手機瀏覽。過了一會，他發現自己只是盯著網頁瀏覽器的頁面，但根本沒看進任何東西，於是他又看向窗外。窗外天色陰鬱，導致室內比戶外還明亮。廣一的臉倒映在玻璃上。臉色顯得相當差，想來是睡眠不足。寫最後一幕時，時間和期末考的準備期間完全重疊。距離截稿日期還有約一個月，考慮到刪添修改所需的時間，小說的優先順序比考試高。不過要是考試不及格，就得把寶貴的時間浪費在補課上。為了確保擁有充裕的修改時間，準備考試也是寫小說大業的一環。

後面的座位傳來一陣笑聲。廣一低下頭，覺得她們彷彿在嘲笑他剛才盯著自己的臉。雖然他認為這不過是被害妄想，但這陣子對笑聲特別敏感。儘管沒什麼想看的東西，廣一仍然再次把視線投向手機，希望等待的人早點出現。

廣一決定在二月中旬之前完成小說。

不知道是因為定下日期，加快了動筆速度；又或者是他原本能寫得更快，只是因為多估天數，讓他放緩腳步寫作，小說在二月十日初步完成了。小說進行得比預想還要順利，讓廣一感到意外。畢竟這回第一次定下的大綱，比預計得還要麻煩，讓他多次碰壁。

廣一用簡單的文字，寫下故事開頭到結尾的劇情，並依照這份大綱，寫成近似小說的文體。沒想到實際執行時，卻發現情節往往難以照著大綱走。

若是自由下筆，筆下的角色就會脫稿演出，偏離預定走向。廣一以前讀過的推理小說中，有位科學家主張一切都要實驗看看才知道，現在廣一終於明白背後的道理：如果動筆寫小說是做實驗，大綱是假說，也許結果本就或多或少會出現誤差。

儘管如此，他仍舊死守原本的大綱。

他在網路上閱讀關於創作理論的文章，常看到許多人認爲，筆下的人物最好能脫離作者，自己行動。但有截稿日期，放任角色並讓故事一發不可收拾的風險太大。百般苦惱之下，廣一還是握緊角色韁繩，照著大綱走。

不過這是否正確，廣一也毫無信心。

劇情非常完整，自己也認爲是個好故事。然而，從三個月前就一直盤踞在他肚子裡的冰冷大石，那份重量讓廣一的自信難以抬頭。

也許自己犯了一個可怕的錯誤。說不定硬是照著大綱寫，反而讓故事發展變得不自然。說起來，搞不好根本就一點也不有趣。

乾脆去問母親的意見好了，廣一數次這麼想。

不過也只是想想，並未付諸實行。因爲二木的關係，母親對兒子的文采深信不疑。於是廣一肚子裡的石頭再次擋住了路。他自認作品不至於差勁到會讓母親感到失望，但一想到要給母親看，石頭就愈發沉甸甸地躺在胃中。廣一思索其他可以提供意見的對象時，腦中浮現了班長的臉，不過他馬上就否決。三個月前才睽違數年地談了幾句話，要仰仗這樣的對象提供意見，讓廣一實在提不起勁。最重要的是，當廣一想到要讓她讀自己寫的小說，或給母親看的時候，原本還是石頭的硬塊，頓時變成了巨大的岩石。

當廣一靠清理手機中的垃圾郵件打發時間時，教室的門打開了。

只見二木站在門口，懷裡抱著圓柱形的暖爐，只從暖爐上方探出半張臉。暖爐上還疊著資料夾。二木反手關上身後的門，向後方座位出聲說道。

「社團活動就用社團教室!這裡待會要用喔。」

啊、好，是，三名女生輪唱般的回應，收起攤在桌上的紙筆，從教室後門魚貫離開。

二木在廣一附近放下暖爐。

「暖爐壞了，所以我去請工友幫忙修。」

「哦……」

沒人問起，二木就自顧自地解釋，廣一只好訥訥應和，同時想著：原來二木今天打算用這樣的態度。他原本以為兩人一碰面，會更加話中帶刺。二木從隔壁的美術準備教室，取出塑膠桶和幫浦，準備點燃暖爐。廣一決定先配合二木的語氣。

「剛才那些人是誰？」

「她們是美術同好會的成員，所以嚴格來說，並不是社團活動。我只在這邊說：我希望她們就維持現狀，不要升格成社團。我目前是社團的顧問老師，因為還只是同好會，還可以悠閒一點，要是變成社團，就沒辦法這麼打混了。」

二木熟練地將煤油加進暖爐中。

「美術社團一到校慶的時期就會被操到死。哎，不過真要說的話，其實同好會現在有一半已經變成漫研社了。她們在有男性成員加入之後，就不太常使用社團教室了。大概是因為沒有男生在場，聊得比較起勁吧。」

二木轉動了暖爐的旋鈕。燃燒筒變成橘色後，二木以和廣一面對面的方式，把課桌移動到廣一面前。

廣一評論道。

「真是相當坦蕩蕩啊。」

二木竟然在其他學生面前，和自己兩人獨自留在美術室。二木舉起放在講桌上的資料夾，隨手輕揮。

「畢竟我可是有大義名分嘛。」

二木挪動椅子，在廣一面前坐下。

「那麼，我們開始吧。」

當廣一在考試前交出稿子時，二木默默伸手接過。

儘管毫無說明，二木似乎也明白他的要求。二木沒有必要照顧威脅自己的人，然而卻乖乖地答應了廣一的要求。雖然不懂二木在想什麼，但他猜測對方之所以這麼做，說不定一部分的原因，是出於良心的苛責。

同學們的霸凌變得更加激烈。

最初是以一種奇妙的方式開始。

首先，男同學在下課時間，聚集在廣一周圍。

他們讓廣一加入自己的圈子聊天，偶爾還會友善地把話題拋給廣一，表現出前所未有的自然態度。廣一一開始覺得很可疑，但漸漸以爲大家可能是把自己歸類爲「小說家」，這才擁有了一席之地。對於打入大家的圈子，他雖然並不覺得開心，但也覺得這樣說不定不錯。如此一來，自己就能多和人相處，增加學習「普通」的機會。

然而，情況漸漸變得詭異。

大家動不動就戳他。每當廣一露出不悅的表情，大家就笑著說這只是在玩。有一次，男生喊著「耶——」，一邊向廣一伸出拳頭。當廣一伸手打算碰拳，對方卻輕飄飄地揮開手，像M字上下移動，閃開廣一的拳頭，然後用另一隻手揍向廣一的下巴。痛是不痛，卻讓廣一感到恥辱。當他終於意識到，起因源於自己在那一天惹吉田不爽的時候，周圍已經被一群掛著友好笑容的同學包圍，無處可逃了。他們的執拗程度，和以前明顯不同。

「你就是那個吧，叫什麼亞斯伯格症的。」

某一次下課時間，其中一名男生出聲說道。

「我不是。」

「不是是什麼意思？你到過醫院讓醫生看過嗎？」

「嗯。」

「真的假的！」

在場所有人都大笑了起來。

剛才的男生笑得臉皺成一團，繼續說道。

「你爸媽看來也是覺得：哎呀我家孩子好像有病啊。」

這句話讓眾人又是一陣哄然大笑，甚至還有人笑得上氣不接下氣，發出喘氣聲。廣一覺得不舒服，起身準備離開，卻被人抓住手臂，拉回座位。

「就是你這種地方啦。這個只是在玩，你這種不識相的地方，就是亞斯伯格症。」

廣一差點出聲詢問對方，到底知不知道什麼是亞斯伯格症候群，但還是放棄了。對方口中吐出的病名只有傷害對方的意圖，在這種時候認眞說明，也只是浪費時間而已。至少在迄今爲止的經驗中，廣一已經學到了這一點。

坐在遠處的吉田丟出一句話。

「你要寫小說的話，就要懂得什麼叫玩笑啊。」

扯到小說果然最容易挑起廣一的怒火。到了這個時候，他也開始對吉田這個人稍有了解。剛開始，廣一對於總是揪著小說向廣一挑釁的吉田，以爲他在這方面是不是有什麼情結，不過事實並非如此，而是吉田比一般人更擅長找出別人最討厭的事。二木曾幾何時這麼說過：人會投入於能發揮自身才能的事情。吉田的嗜虐個性，說不定就是出自於此。吉田也能採取暴力手段，但他不會，因爲他知道更好的方法。廣一認爲吉田又是一個搞錯能力目標的人。不過以吉田而言，廣一也不知道他該把這份才能發揮在何處才好。

廣一並不認爲事態演變成這樣，是二木的錯。

像自己這樣的性格，遲早都可能走到這個地步。如今廣一知道情況是會隨著一個人的心情而改變的，讓他開始希望，自己不論何時都能保持堅定。

廣一想要自信。

他對得獎的執著變得更強。

二木為了在母親面前圓謊，以及尋求平靜時光，把廣一綁在小說上。在這段期間，他大概已經畫了好幾篇漫畫。對於霸凌變得更加嚴重的情形，廣一認為二木絕非刻意為之。廣一並不打算美化二木，硬是主張二木人不壞，不過廣一相信，二木只是單純把廣一的下場置之度外。

小說一寫完，廣一就把稿子交給二木。他沒有其他選擇。不過即使沒有這個理由，廣一猜想自己也會來徵求二木的意見。對方曾經別有用心地對廣一的小說提供評論。儘管內容也許有所誇大，但並非全是謊言。他是在仔細閱讀後說出具體意見。當初讓廣一生氣的批評，在他提筆寫現在這篇小說時，也時不時令廣一點頭。廣一對二木懷恨在心的同時，不可思議地，對二木的信任也逐漸增長。不過他並不是信任二木本人，而是相信二木的意見確實言之有物。

只剩下一個月了，視程度而言，現在要修改的話，廣一還來得及。他暗自祈禱，小說以建築來說的地基部分，沒有重大缺陷。

「一如往常，沒有任何錯字和重複呢。」

面前就是擱在桌上的稿子，二木一開口，就在講無聊的事情。

「這與文字看起來是彩色的有關嗎？」

「誰知道呢。」

「要是這樣，你說不定很適合校對工作。唔，校對工作也不全是改錯字就是了。」

「你是在暗示小說寫得不好嗎？」

「不，很不錯喔。」

二木淡淡回答，捉摸不出情緒的口氣，讓廣一心情一暗。他雖然沒表現在臉上，但想必讓二木知道了。

「這是一部好作品喔。」

「眞的嗎。」

廣一並不是在提出疑問，而是單純應和。

「我想你是爲了修改，才來問我的意見，所以我只說我在意的地方。不錯的地方也講出來的話，可能對你修改的時候會有幫助，不過除了我接下來要說的部分以外，其他環節我都覺得很好，眞的。」

二木的語氣有點疏遠，不過並不是表面上的彬彬有禮，而是不知道該怎麼拉下臉，擺出友好態度，所以才先設了防線的感覺。

「比起細節，先從大方向開始說起，應該比較好吧。」

「麻煩了。」

二木把視線落在稿子的封面。

「最後的部分，針鋒相對的兩人不是和好了嗎？」

「對。」

「我認爲不自然。」

這句話就像斷頭台的鍘刀，但並不是以殺人的意義上這麼說。廣一感受到二木正試圖以盡可能簡潔無痛的方式指引自己。

「果然。」

儘管結尾比較好修改，不過設計出的結局有問題，照理來說應該相當令人煩惱，廣一卻不可思議地鬆了一口氣。看來聆聽別人意見時，根據自己內心的反應，就能明白眞實感受。顯然就連廣一自己，也沒被故事的結尾說服。

「那邊我寫到最後，花了不少時間。」

「我打分鏡時，也常常卡住。這種時候，大多是因爲人物的心理描寫出現矛盾。」

「確實，有點硬拗。」

「你爲什麼要堅持讓兩人和好？」

「這樣能強調對比，也比較有結尾的感覺。我覺得這樣才算經典，這麼想很老土嗎？」

「不會。」

二木的視線飄向旁邊。

「我自己也很喜歡經典。」

畢竟是色情漫畫家嘛，他補充道。廣一顯得有些坐立難安，讓二木一臉納悶。

「怎麼了？」

「怎麼說，在平常上課的美術教室，聽到這種字眼，總是忍不住心頭一驚。」

「你自己之前明明才在隔壁的房間，一口一聲蘿莉控。」

確實如此，不過當時對二木吐出這類用語時，反而有種洋洋得意的心情。現在和當時的不同之處——廣一下意識地伸手摸放在桌子右側的手機。

「要說比較大的問題，就只有這點。那麼接下來，就從頭一道道享用大餐吧。」

二木翻開稿子，上面隨便一數，就貼著十張便條紙。打開的那一頁上，貼著一張正方形的便條紙。上面用頗有特徵的筆跡，寫著詳細的評論。

「這次故事題材是繪畫，所以我把一些在意的地方標出來了，你再看看吧。」

貼在本文旁的便條紙上，寫著：「也有人說最早使用滴畫法的不是波洛克，而是珍妮·索貝爾。眾說紛紜，但至少避免過度武斷。」

「你自己也查查看吧。也許不用考察得這麼細，不過既然你已經寫完了，盡可能考察詳實，總是沒什麼不好。」

廣一翻開一頁頁貼著便條紙的頁數，閱讀上面的備註。

「這麼一說，你原來是美術老師。」

「不然你以爲呢？」

「我還以爲你是國文老師呢。」

是喔，二木無視這句諷刺，別開視線。

其他幾頁上，還寫著關於綳畫布的步驟順序、油畫顏料特有的松節油味的修正建議。剩下的幾乎都是針對難懂語句及冗文的簡單刪改建議。

想來二木也盡可能想讓自己說出的謊言成眞。早先他告訴廣一結局不自然的時候，他表現出想避免廣一受傷的樣子，想來也是擔心這句話會打擊作者的信心，讓廣一放棄投稿。畢竟讓廣一配合他當初對學生家長說的謊行動，謊話也比較圓得起來。

「大概就是這樣。」

聽到這句話，廣一望向時鐘。離二木現身沒過多久。廣一等他的時間還比較長。

「還有什麼問題嗎？」

你覺得可能得獎嗎？廣一差點脫口問出，不過顯然毫無必要。

「幸好剩下的都是比較好修改的問題。劇情上，還有什麼在意的地方嗎？」

「沒有。」

「太好了。」

這句話一說完，二木便起身，坐到暖爐前。他盯著某處，過了片刻才開口：

「很快就要放春假了。」

人隨著年齡增長，時間的流逝也會覺得更快。春假開始的時間和截稿日期幾乎相同，都在三月下旬。還有將近一個月，廣一卻逐漸理解將這段時間說成「很快」的心態。

二木關掉暖爐的火，煤油味竄上廣一鼻尖。

「話說回來，你打算什麼時候刪掉那張照片？」

話題突如其來，不過受到二木這麼多幫助，廣一也有預感對方遲早提到這件事。

然而，他一句話也說不出來。

「怎麼了？」

二木說道。

「你每次假裝手上有東西的時候，不都是自信滿滿嗎？還是說難道你手上真的有？」

廣一的大腦一時無法梳理現況。

他無法決定怎麼回應的期間，已經拖得太長了。

「呃……我不太懂——」

二木說得太委婉，自己一時搞不清楚。正當廣一打算拿這個藉口當垂死掙扎時，二木嘴角微微勾起，盯著自己。廣一突然覺得一切都荒謬可笑。

「你從什麼時候知道的？」

「中途開始隱約察覺。」

「你既然知道，那爲什麼……？」

「誰知道呢，我不是小說家，很難用言語來表達。」

但是，嗯——二木說著，轉過身。

「你用淺薄的道德觀指責我這個蘿莉控時，在我眼中，你就像社會大眾的化身。」

「社會大眾？」

「嗯。」

暖爐的熱度散去，中心部變回鐵的原色。二木垂頭注視著暖爐說道。

「我沒打算爲了自己的性癖，向整個社會大眾抗辯。不過果然還是會累積不少情緒。雖然不是直接衝著我來，不過社會上老是聽到的『蘿莉控去死』這種話，我也會被打到。每次新聞一報導戀童癖引起的案件，我也會因爲事實而遭受打擊。我覺得這也是沒辦法。即使如此，還是有幾句話想對世界說。我之前跟你說過我的宗教吧。只要我遵守戒律，我也有權對這個世界回嘴。不論以前還現在，我都這麼想，只是說不出口。」

二木將一隻手伸進口袋。

「這個時候，你出現了。我第一次用自己的話還以顏色了。我才是那個在沙包上貼討厭傢伙的照片，對沙包飽以老拳的人。」

二木搖搖頭。

「很陰沉吧。不過就在這一刻，我能夠繼續這麼做的藉口，也已經不復存在了。」

二木大概是指照片的事情。廣一回過神，發現自己正朝手機伸出手。然而又把手縮了回去。他也不清楚自己是不是想持續兩人現在的關係。自己就某種意義上，以通俗的說法來說，對二木抱持著憧憬。自從意識到這點，他的心情就更接近該怎麼樣處世。

「我打算讀東京的大學。」廣一開口。「在這裡的期間，我會觀察什麼是『普通』，到了新的環境，就披上地球人的皮。像老師一樣，裝成普通人，同時保有真實的自己。而且這裡是鄉下地方，所以有點奇怪的人才會特別醒目，說不定去別的地方，怪人根本比比皆是。至少此時此地就有兩個怪人。」

廣一盯著二木，他正在笑。

「又怎麼了？」

「你的想法也太單純。」

「啊？那怎麼樣的想法，才算明智？」

「沒有，我只是想到你說不定眞的能靠那份橫衝直撞的蠻勁，走出一條路。想到這裡就覺得很好笑。我每次看你寫出小說的時候，都會有這樣的念頭。」

不過啊，二木繼續說。

「僞裝可不簡單。」

「我知道。」

廣一的回答，讓二木露出嚴肅的表情。

「持續僞裝自己，會對精神造成很大的負擔。」

囉哩叭唆的二木突然變成長輩風，廣一斜眼別開視線。

「我已經做好覺悟了。」

「只靠覺悟根本不行。光靠覺悟演戲，人會崩潰的。」

「那你要我怎麼辦？」

「你還少了點什麼。」

這句話簡直笑掉大牙。廣一知道自己缺少一堆東西，然而二木的說法，彷彿在說自己只缺少一片拼圖。

「哦，你能告訴我嗎？」

「你要喜歡上自己。」

廣一張開嘴，吐不出一句話。他的嘴巴無聲地彎成發笑的嘴形，又因不滿而扭曲。

背對現在的廣一，二木抽出口袋的手。他握著一串鑰匙，示意兩人差不多該離開了。

走出美術教室，室外的溫差頓時讓廣一臉頰繃緊。他望著二木鎖門的背影思考。

最後面眞是聽了無聊的長篇大論。二木所說的，不過是曖昧模糊的精神論。自己現在需要的，絕對是更實際的應對模式，好讓廣一能更聰明地與人相處。

美術教室就位於走廊的中間，從往前兩間教室的教室中，傳來男女混雜的笑聲。大概是考完試，重新開始社團活動的文藝類社團。搞不好就是剛才美術同好會的社團教室。

廣一喃喃低語。

「小說最後該怎麼辦？」

確認門鎖好後，二木回答。

「你不用硬是這麼做。」

二木手指上掛著鑰匙圈，就這樣做出雙手合十的手勢。

「兩人直到最後，都仍以彼此的自我信念互相較勁，不也很好嗎？」

也是，廣一說著，視線追著飄散在二月走廊上的白色霧氣。又是一個說不上具體的意見，但作爲建議，還是有參考價値。

「這部小說眞的很有趣。其實我一直在期待。」

「我寫的小說？」

「不管寫的人是誰。有趣的東西就是有趣。」

那就這樣啦。二木說著，走向離辦公室較近的樓梯，和廣一要走的樓梯剛好在反方向。廣一口頭上道謝後，背對二木踏出腳步。

他覺得，二木直到最後都沒搞懂廣一。喜歡上自己，聽了眞是讓人傻眼。因爲連說都不用說，廣一最喜歡的本來就是自己。廣一並不是想要裝壞，只是人不論做什麼，都要先確立自我。人只要活得辛苦，就會產生自己的一套哲學，而廣一的哲學正是這個。也就是說，他現在的哲學是自我本位萬萬歲。廣一握住口袋中的手機。剛才放在開著暖爐的室內，讓機械還帶著點溫度，彷彿是人的體溫一樣，讓廣一不禁縮回了手。

13

「沒問題的，我今年新年參拜，有一併替你許願，希望神明保佑你得獎。」

班長用吸管攪拌飲料吧的摻水果汁，這麼告訴廣一。仔細一想，自己今年到現在都沒去神社一趟。他說出這件事後，班長「咦」了一聲，瞪大雙眼。

「現在都已經五月了。」

廣一把春假的大部分時間，都花在小說的最終修訂上。他完成投稿，準備迎接新的學年，結果期中考轉眼就到。感覺就像才跑完馬拉松，肌肉還痠痛不已，卻被人要求繼續跑。

他爲了讀書，在傍晚時分走進家庭餐廳。爲了避免遇到熟人，還特地避開廁所和飲料吧的動線，選擇了比較裡面的座位。儘管如此，還是被拿著飲料杯的班長發現。她似乎和另一群人坐在稍遠的座位。聽她說是和其他學校的朋友一起來，讓廣一鬆了一口氣，同時這才明白，她爲什麼能毫不在意他人目光地坐在廣一對面。

「你們家平常不會去新年參拜嗎？」

「不，自從我有印象，今年是第一次沒去。每次都是外婆說要去，大家就順著她。」

「你今年才更應該去神社，祈禱小說能夠得獎吧。」

「嗯，但是，怎麼說——」

廣一手上開著沒事，翻動攤在桌上的課本。忽然，一頁帶著泥巴的嶄新鞋印出現，廣一感到沉重的液體湧進心臟。他若無其事地闔上課本。班長似乎沒注意到。

「如果沒先盡人事，感覺也不好拜託神明。」

「可是你都已經投稿了，爲什麼還沒去？」

「我去是去了。」

班長歪了歪頭。廣一說道。

「我把稿子寄出去後，順道到T神社一趟。走到鳥居前面，卻沒再往前。」

「什麼意思？人很多？不太可能吧，又不是新年。」

廣一帶著罪惡感撒謊。

「我突然覺得不舒服就回家了。」

「咦……」

班長表情一陣扭曲。

「感覺有點嚇人，簡直像在叫你不要去。」

「只是碰巧吧。就算有神，我覺得祂應該也沒空對區區一個人類這麼做。」

「田井中，你該不會是相信靈魂之類的人？」

「不是，應該說，說起神啊什麼的人是妳吧。」

廣一皺起眉頭，其實覺得輕鬆多了。

他平常雖然沒機會和班長說話，但只要和她相處，不愉快造成的傷口就在慢慢復原。

他說不定喜歡班長。

也說不定，只是因爲她知道廣一過去的醜態，廣一才透過在她面前耍帥，滿足自己內心的某種需求。他皺起眉頭，覺得這個可能性更大。

「對了，你是寫怎麼樣的小說？」

班長的話讓廣一回過神。

「不告訴妳。」

「爲什麼。如果你得獎了，小說就會出成書，也會刊載在雜誌上，到時候你應該會讓我看吧？我到時當然會讀，不過我現在就很在意，透露一下嘛。」

廣一垂下眼簾，保持緘默。他感覺得到班長現在正在他看不到的地方，睜著她的大眼睛。廣一無言地玩弄冒出鉛筆盒的自動鉛筆。這枝自動鉛筆手感不錯，價格比較高。他從上高中以來就一直在用，前陣子才買了新的。現在廣一手上拿的是第二代。上一枝被吉田的跟班踢向牆壁，壞掉了。廣一想起男生們看到自動鉛筆的殘骸在牆壁上反彈迸射，笑著說「跳彈」的樣子。

「……妳還是想知道情節嗎？」

廣一一說，班長就笑著應聲答是。他一邊摺疊吸管紙套，開口道來。

「這是關於一位抽象畫畫家作品的故事。」

班長視線轉了一圈，表現出消化內容的樣子。

「抽象畫指的就是像畢卡索那種，把人的臉畫得莫名其妙，或是隨便潑灑顏料，說難聽一點，就連小孩子都畫得出來的那種畫吧。」

廣一不置可否地點了點頭。不要太過拘泥於定義，故事能進行下去比較重要。

「那位畫家畫出的作品，就像是隨意揮灑顏料的雜亂圖畫……或者說更接近圖案。老舊澡堂不是有那種地板，上面鋪著大小不一、顏色各異的小石頭嗎？他終其一生，不斷畫出這樣的作品。」

「感覺好像很難賣啊。」

「他可受歡迎了，還是以天價被大家收購。」

哦？班長發出饒富興味的聲音。

「故事發生在畫家突然去世的二十年後，主角是畫家孫女。他留下的作品，大部分都在博物館和其他人手上。不過房子裡還原封不動地，保留著祖父當時用的畫室。某天，孫女整理畫室，發現了一本奇妙的書。故事就從這邊開始。書本身是一本平平無奇的古典小說，但文字一字字地用顏料塗上了顏色。祖父替一本既有的小說上了色。」

「愈來愈有趣了。」

班長的應和讓廣一心情愉悅了起來，他自然而然地加快了說話速度。

「孫女一開始不明就裡，就這樣把書放著不管。直到某一天，她突然發現，按照書上顏色和文字的規律，對照她祖父的作品，就能組成句子。她這時才知道，祖父留下的這本書，是他爲自己做出來的，顏色和文字的反查型辭典。」

「哦哦哦。」

「但當她用辭典，查閱隱藏在畫中的字句時，她發現隱藏在畫中的內容相當不妙。早期還不受歡迎，作品內的文章大多是在講美麗的風景，或是用如詩的方式談述情感，但自從祖父的作品開始大賣，藏在作品中的內容就開始變了。讓祖父成爲知名畫家的作品，是某位有錢太太的委託。藏在畫中的字句，是以相當色情的目光，對那位太太……」

廣一住嘴，決定模糊帶過這段說明。

「……文章粗俗到不行，還刻意拿那位太太的特徵開玩笑。儘管文章內容充滿惡意，那位太太卻毫不知情，還相當喜歡那幅畫，把畫裝飾在家中最醒目的場所。祖父變得愈來愈有名。不可思議的是，雖然外表看不出來，但畫中訊息愈差勁的作品，得到的評價就愈高。祖父自己似乎也明白只要文字愈黑暗，得到的評價就會愈高的神祕規律。孫女清楚地明白到，祖父發表的新作內容愈來愈糟糕。他有一幅作品，是畫給在意外中失去孩子的熟人。他把那幅作品命名爲《與○○的回憶》，內容卻都在輕蔑孩子；甚至還有作品的內容，讓孫女開始思考，祖父會不會爲了作品而殺人。」

小孩那段讓班長皺起了眉頭。廣一觀察她的反應，繼續說下去。

「作爲孫女，她當然想隱瞞事實，畢竟攸關家族聲譽。然而，擁有祖父作品的畫商也察覺到了這個祕密。因爲孫女當初在畫室找到反查辭典，還一無所知的時候，曾經把書拿給這位她信賴的畫商看。」

「原來如此。」

「畫商想要公開隱藏在畫中的祕密。儘管畫家的作品依然有不錯的價錢，但熱潮不再。這種時候，有聳動消息比較能夠成爲話題，炒高畫作價格，這就是他的動機。」

廣一按住摺起來的吸管紙套，又放手。變成蛇腹狀的紙套，就像死去一般癱軟在桌。

「剩下的就是雙方的攻防戰了。」

「接下來會怎麼樣？」

「一開始，我覺得讓想保守祕密的一方和想公開的一方，雙方在中途立場互換，應該會很有趣，也打算這麼做，但投稿的稿紙張數有限，我放棄把劇情弄得太複雜。就結果來說，這在劇情張力上也比較好。妳會在意後續情節嗎？」

「非常在意。」

「那麼，等小說得獎刊載在雜誌上時，妳再買來看吧。」

班長拖長聲音「咦」了一聲，廣一無視她，低頭撕掉吸管紙套。班長又問道。

「那告訴我這個就好：這個故事有浪漫元素嗎？」

「沒有。故事裡沒有戀愛，兩個主角自始至終都互相敵視。這樣會很無聊嗎？」

「不會，完全不會。故事聽起來超有趣。眞虧你能想到。」

「謝謝。」

「那是什麼反應啊，像在說『好好好』的敷衍感覺。我可是說認眞的。」

「嗯。」

班長靈巧地揚起一邊眉毛，對廣一的反應存疑。

「我不太會誇獎人，看來表達得很失敗。該怎麼說才能傳達出來呢？如果是社群網站，會讓我想按一百萬次『讚』的程度……」

還是很微妙，班長這麼說著，一邊搖搖頭。廣一望著她比手畫腳，覺得湧起一股充實感。他把才剛買的自動鉛筆推到桌子角落。談故事很開心，既能遠離現實，又能聽人誇獎唯一的專長，讓人頓時湧出力量。

忽然，班長做出被食物噎住的樣子，她的手痛苦地在脖子前揮舞。

「對了，就是那個。」

「哪個啊？」

班長誇張的肢體動作，讓廣一忍不住笑了出來。

「啊——完全講不出名字，卡在喉嚨裡面。那個叫什麼來著，記得是電影……達、密，總之一定是D開頭的……」

班長向廣一推出手掌，用另一隻手搗著腦袋。她維持這個姿勢靜止一會，沒過多久就打了個響指。

「《達文西密碼》！」

她一臉豁然開朗。

「眞是讓人懷念！以前我看過ＤＶＤ。詳細內容已經忘了，不過跟田井中的故事滿像的，也都是在說名畫中其實隱藏著訊息。」

班長撐著臉頰，目光飄向遠方。

「我還記得我看得很開心。平時看到的東西其實暗藏玄機，這眞的很有趣。所以我很期待讀到你的小說，絕對是我喜歡的類型。」

廣一努力若無其事地詢問。

「有那麼相似嗎？」

「你沒看過嗎？」

「我沒實際看過，也沒讀過原作。」

聽到廣一這麼說，班長嘟囔著「原來那部電影有小說啊」。

廣一繼續說道。

「但因爲那部作品很有名，所以我有稍微接觸過。」

只是可沒有抄襲，廣一沒說出這句話。儘管是眞心話，但說得太明顯，就會被班長發覺自己其實大受打擊。

「我很期待公布得獎名單的日子。」

班長說完，把交握的雙手往前伸。

「老師說投稿會有好幾個階段的評選，我記得很快就會發表第一階段的結果。」

班長所說的老師，指的是新成爲班導的現代國文教師。如同二木之前所說，成爲考生的年級都會由必修科目的教師擔任導師。到了二年級第三學期，二木已經不再向周圍大肆宣揚廣一要投稿參賽的消息，不過這件事自然而然地傳進新的班導耳中。新的班導以前也曾經在文學獎拿過佳作，所以即使二木現在已經退下班導的位置，新任班導還是會不時提起文學獎，好心地讓大家記住徵文比賽的存在。

「妳說的是初選吧，」廣一回答。「我忘了是什麼時候了。」

「雖然也許沒什麼意義，不過還是確認一下吧。發現自己的名字在名單上，還是會讓人心情不錯吧。心情一好，讀書的效率也會上升喔。」

班長用眼神示意堆在桌旁的課本。

「嗯，我會的。是說，妳把朋友丟在一邊，沒問題嗎？我也差不多想繼續讀書了。」

「啊，抱歉，我待太久了。」

班長拿起杯子，揮手告辭後，再次走向飲料吧。

變回單獨一人，廣一收拾桌上的物品，隔著柱子確認班長在飲料吧裝完飲料並走回座位後，他就起身離開。

廣一推著腳踏車，走在回家的路上。四周已經暗了下來。

一個聲音在他的腦海中迴響。

滿像的。

你果然不行啊。

吉田的話和班長的話混雜在一起。

廣一在寫故事的時候，那部名作並非完全不曾閃過他的腦海。不過他比任何人都清楚，自己的作品絕非抄襲。故事的構想也完全來自不同地方，更何況廣一根本沒讀過《達文西密碼》，只是知道大略的故事。

然而，當班長說出她覺得很像的時候，廣一覺得聽到害怕已久的話。

讀過的人，究竟會怎麼想？

大概會像班長一樣，腦中馬上冒出「簡直就像那個」的感覺。廣一搖搖頭。沒有任何一部作品會沒有其他作品的影子。他也想過，要先參考那部名作的情節，但保險起見，還是選擇不看。因爲廣一擔心，要是知道情節，自己就會刻意避開相似之處，反而沒辦法照自己的想法創作。

廣一選擇的做法，也許是出於怠惰與隨便。

這種人的作品，想必會在初選就被刷下來。

腦中一冒出這樣的想法，廣一就加快腳步。慢慢地變成小跑步，等到他打算乘勢跨上腳踏車，開始衝刺時，體內的力氣又萎靡了下來。

其實廣一知道發表初選結果的日子是哪一天。

就是後天。

即使大部分同學都忘了，班導想必也會多嘴。不然的話，吉田也一定會來問初選結果。升上三年級後，也許是因爲考生的身分，大家對廣一的霸凌不再像以前那麼熱中。吉田卻恰恰相反，他就像蛇一樣纏人。吉田雖然言行輕佻，學業成績卻不錯。廣一還聽說他要考A級的大學。也許廣一就是被吉田當成排遣考生壓力的出口。別說得獎，要是在初選就落選，不知道吉田和班長，會對自己露出怎麼樣的表情？

明明是以得獎爲目標動筆，現在卻開始想著標準這麼低的事。

後天要是有恐怖分子闖進學校就好了。

腦中認眞地浮現幼稚的念頭，讓他不禁苦笑。壁櫥內的筆記本中，也有類似的故事。他的想法從小學生以來，就沒半點進步。輪胎和路面發出摩擦聲，車子從廣一身邊駛過。他在刺眼的車燈下瞇起雙眼後，猛地停了下來。

在車燈照射下，出現在廣一眼中的是站在田野中，畫成眼球模樣，用來驅鳥的氣球。平時見慣而不會多留意的氣球，不知爲何，今天卻像盯著廣一看似地，讓他垂頭閃躲。

一回到家，他就在洗手檯洗了手。

雙手浸在流水中，難得陷入落寞的心情，便打開客廳的電視，坐在餐桌前，趴在桌上。塑膠製的桌巾貼在右邊臉頰上，他默默傾聽節目的聲響，卻聯想起在午休時間裝睡的自己，不禁心生厭煩。廣一嫌拿遙控器麻煩，就直接從口袋中掏出耳機戴上。入耳式的耳機就算不播音樂，也足以充當耳塞。

他在幾乎無聲的環境中思考。

別再煩惱初選落選該怎麼辦。

應該思考更積極正面的事情。

在這種情況下，該怎麼脫離眼前充滿壓力的局面。

自從開始寫小說，他有個看法：在故事中，角色會陷入困境，或者說是廣一自己把角色逼進困境，然後再進一步讓角色逃脫困境。但該怎麼讓角色打破僵局，則讓作者煞費苦心，苦惱得大腦幾乎要裂成四瓣。

既然要做出這麼困難的事情，自然就得自行想出解決困境的方法。

不管是否要繼續寫，他今後也都得這樣持續下去。將來即使廣一成為大學生，出社會，甚至到死為止，都是如此。

鼓聲和貝斯聲傳入耳中。電視節目開始播放煩人的音樂。耳機的耳塞即使能擋下高音，也阻擋不了在骨頭中迴響的低音。廣一在手機上尋找能蓋過現在音樂的歌曲。當他隨便找首歌，正要把耳機插入手機的耳機孔時，他突然想到一個主意。

塑膠桌巾發出劈里劈里的聲響，從臉頰上剝離。

事到如今，投稿的結果已經不是自己能出手左右的問題。也許是把苦惱擺到一邊，他覺得自己現在是這幾個月以來，頭腦最為清明的時候。應該說這陣子的自己，根本就像是失去思考能力一樣，畢竟他連如此簡單又模式單純的辦法都想不到。

自己的情緒正在高漲。

廣一知道自己的情緒高低落差劇烈。他的心情有時飛揚，有時低落，說穿了就是不安。最終他也許別說得獎，就連初選都無法通過；照這樣下去，到了明天，又要被吉田惡整。這再持續下去，自己的內心說不定真的會撐不住。儘管這麼說，廣一也沒有不去學校的選項。就結果而言，廣一還是得在自己所在的地方，完成該做的事情。而這想必是為了前往這裡以外的地方，所做的正確努力。

14

在第四堂課上，廣一趁老師不注意的時候，偷偷打開手機。

昨晚從換日那一刻以來，他就一直開著新人獎的官網頁面。只是網頁上依舊不見初選結果的公告連結，照理來說今天應該會公布結果。

廣一下定決心，點下右上方的重整按鈕。

顯示讀取中的藍色進度條緩緩增加，畫面變白的瞬間，廣一的心臟猛地一縮。

顯示出來的畫面，和先前一樣，依然沒有連結。

廣一鬆了一口氣。他從早上開始就一直重複相同動作。

告知課堂結束，午休鈴聲響起，廣一關掉畫面，把課本收進課桌抽屜。他從置物櫃中拿出便當，把便當盒攤在座位上。他現在已經不能隨便去倉庫後面了。要是被人看到，就會失去唯一的避風港。

一個人吃飯很快。沒花幾分鐘就解決掉便當。他戴起耳機，臉朝下趴在桌子上。英國歌手的老歌在耳中迴響，前奏的貝斯聲就像從屋簷滴落的雨滴一樣。正當廣一這麼想的時候，耳機就在曲子即將唱到標題歌詞之前，被人拔掉了。

來了。

廣一抬起頭。只見被其他男生簇擁的吉田，就站在他的面前。吉田拿在手中的耳機，此時就像催眠師的硬幣，被他拿著來回搖晃。廣一默不作聲，耳機就被拋回他的頭上。他無言地撿起耳機，塞回耳朵，從座位上起身。打算走出教室時，站在門前的自己卻突然被人從背後推向一旁。臉撞到牆，忍不住痛呼一聲。他轉過身，卻被貼近的對方嚇得屏住呼吸。吉田的手臂按在廣一身體兩側，把廣一關在自己與牆壁之間。廣一能隔著吉田的手臂，見到旁邊的圓臉女生一臉驚恐地看著兩人。

吉田就著把廣一困在牆邊的狀態，對那個女生笑了笑。

「妳看，壁咚。」

女生勉強地笑了。吉田又補上一句。

「妳可以萌喔！」

女生露出作嘔的表情。

「不可能。」

「高橋同學，妳不是很喜歡這種的嗎？」

「哎！我才沒有！」

兩人交談的時候，廣一從耳朵掏出耳機。當他收好線，把耳機放進口袋時，吉田正好轉過身來，讓廣一一陣緊張，不過他還是來得及從口袋中的手機插孔中拔出插頭。

「讓開。」

廣一推了推吉田的手臂。

「別碰我。」

吉田拍上牆壁。廣一皺起眉頭，往前弓身，打算從吉田的手臂下鑽出去。

吉田睜大眼睛。

「你那是什麼動作！輪擺式移位（註）嗎！」

吉田的話讓他身邊的男生笑了出來。

「《第一神拳》喔。」

吉田這麼說後，環視周圍。

「來，幕之內、幕之內。高橋同學也一起來啊。」

圓臉少女應聲拍手，但依然一臉沒進入狀況。配合吉田的呼聲，周圍跟著加入喊「幕

註：輪擺式移位。拳擊漫畫《第一神拳》中，主角幕之內一步的絕招。

之內」的行列。雖然不太清楚是什麼意思，不過大家應該是在說《第一神拳》的主角吧。就跟「美金阿虎」一樣，大家知道的東西真多，廣一心想。

隨著周圍的呼聲，吉田的跟班開始出現詭異舉止。他擺出打架姿勢，上下左右晃動上半身。這麼一說，好像聽過這個名字的拳擊漫畫。正當廣一這麼想的瞬間，對方的拳頭就嵌進他的肩膀。

好痛。

實在有夠痛。

廣一縮起身體，這次拳頭換落在另一邊的肩膀上。對方就這樣輪流揍向廣一的兩邊肩膀。他痛得發不出聲音，只能背靠著牆壁，一路往下滑到地板。結果又被硬拖著站起來，拳頭再次落在肩膀上。廣一這次往前單膝跪在地上。揮拳的男生低頭盯著廣一說道。

「不知怎地，我一看到這種姿勢，就下意識想給對手來一招閃光魔術（註）。」

在他身後的吉田，發出搞笑的假音。

「『別打臉啊！記得打身體，身體！』」

「那是什麼？」

「金八老師的段子。你不知道？」

「不知道，但我知道你的哏有夠老。」

無視兩人的對話，廣一站起身，視線掃向教室。班長不在。每到這種情形，她總會不知不覺地從教室消失。如果自己和班長的性別對調，或是性別相同，廣一或許會瞧不起班長。但情況並非如此，廣一只慶幸她不在場。他不想讓班長目睹自己這副模樣。

廣一開口。

「吶。」

沒人聽到他的聲音。吉田的跟班正抬起右膝，一邊說著蝶野之類的怎麼樣，一邊調整角度。廣一連忙比剛才更拉高嗓門。

「別再這樣了！」

周圍帶著哄笑的餘韻，安靜了下來。廣一感覺得到臉頰泛紅。

「這樣是指什麼？」吉田問道。

「是怎樣，你覺得自己是遭到霸凌嗎？」

雖然給出肯定的答案讓人很不甘心，廣一還是壓抑心情回答：「沒錯。」

吉田換上嚴肅的表情。

「你知道惡搞和霸凌的區別嗎？」

註：摔角手武藤敬司發明的摔角技。面對跪在地上的對手，一腳把對方的膝蓋當成踏台，另一腳踢向對手頭部。

「不管兩者區別是什麼，」廣一斷斷續續地說。「你們都太過分了吧。」

「我告訴你啊，所謂的惡搞，在對方不情願的那一刻起，就會變成霸凌。這可是藝人之神阿松說的。也就是說，只要你的配合度更好一點，我們就不會變成霸凌了。這是你的問題。」

廣一口中不禁冒出一聲「嗚」，差點說出「嗚哇」。吉田的邏輯實在太厲害了。

吉田繼續說道。

「你就是像這樣，馬上就把事情套進你喜歡的公式吧。」

「你說什麼公式？」

「自己被一群白痴霸凌。自己很特別，所以在凡人中特別突出。你就是喜歡像這樣寫故事，所以才會寫小說吧。在你的小說中，不知道我們是被安排成怎麼樣的角色。不過在小說裡面，你就是神，沒人能對你指指點點。你這是贏了就跑，不對，應該說擅自下定論之後就跑。」

廣一啞口無言。吉田雖然並未完全說錯，但有著決定性的出入。吉田口中描繪出似是而非的自己，讓廣一感到類似暈車的噁心感。同時也對吉田的自我意識之強感到驚訝。沒想到他很自然地認爲廣一小說中，會有一個以他爲原型的角色。而且還說擅自下定論就跑？廣一出聲反駁。

「到底是誰擅自下定論就跑？」

這下打臉痛死你，廣一在內心補上一句。

「你今天氣勢不錯喔。不過你從以前就有點囂張就是了。」

吉田瞇起眼睛。廣一拍了拍膝蓋的髒污。

「我知道你對我不爽。」

「來了，就是這種發言。說得好像是自己太出風頭，被人嫉妒一樣。」

「我會注意，應該說，我會盡可能不說話。拜託不要再來找我麻煩了。」

「你一聲不吭盯著人，一樣會叫人不爽。」

「那我該怎麼辦？」廣一瞪向吉田。

「你要怎麼樣才願意罷手？不管什麼都好，你說說看啊。」

說到這裡，廣一突然想到。這和二木以前出的「功課」是一樣的。

吉田露出似笑非笑的神情。他正在嘲笑廣一，廣一十分清楚。只有被騷擾的一方，才會有交出代價就讓事情落幕的想法；從騷擾的那一方來看，自然是不斷索求代價，直到心滿意足。雖然行爲源頭，應該是出自某種欲求，但能靠自己察覺到的人，想來應該不多。

然而，出乎意料，吉田沉思著。他轉動脖子，過了一會，冒出一聲「對了」。

「你還記得你以前跟我們約好，但一直被你爽約的事嗎？」

廣一回溯記憶。吉田該不會是在說那件事吧，他心想。

「你是說要跟漲三成同學做某件事嗎？」

「還有美金阿虎的錢。呃，多少錢來著？十五萬嗎？」

聽到這句話，廣一的大腦流進一絲冰涼，是腎上腺素。

沒想到情勢這麼順利。廣一一邊留意不要被看出此時的心情，一邊出言抗議。

「金額比之前說的多。」

「這是利息。」

我就知道你會這麼說，廣一喘口氣。

「我付不出十五萬。」

「那你就去和漲三成來一發。」

「我不要。」

「你不是說什麼都行嗎，別反悔啊。」

「把別人牽扯進來不太好。」

「嗯，對象是你的話，就算是漲三成，大概也會拒絕吧。」

吉田的話引起一陣低聲訕笑。吉田的跟班出聲鼓譟：「那傢伙喜歡和處男搞，所以說不定有機會喔。」

「先把漲三成擱一邊。」吉田說道。「錢的話，你付得出來吧。」

廣一重新審視吉田。他穿著學校指定制服，但皮革編織腰帶和複合材質的運動鞋，怎麼看都要價不菲。吉田看起來不像缺錢，難道是因爲喜歡打扮，所以才需要錢嗎。

「你爲什麼想要錢？大家一起分的話，一個人也沒多少錢吧。」

廣一單純感到好奇。因爲當初被二木問想要什麼的時候，自己什麼也沒想到。吉田將重心轉移到一隻腳上，刻意吊了一會胃口，才開口回答。

「你養過狗嗎？」

「沒有。」

「你丟過飛盤之類的，叫狗去撿回來過嗎？」

「沒有。」

「那就算我跟你說，你也不會懂。」

什麼意思啊，廣一無言以對。

「如果用錢就能解決……要是你眞的不會再來煩我，我就付錢。不過我現在存款沒那麼多，連一半也不到。」

「你傻嗎？那種小事，從父母——」

吉田說到一半，突然噤口不語。

他停下所有動作，凝視著廣一，只有那雙眼細微轉動。廣一脖子後方寒毛直豎。

怎麼可能，該不會？廣一的內心竄過這樣的想法。

「山本，抓住這傢伙。」

廣一的身體微微一動。

山本發出呆愣的聲音。

「嗯？爲什麼？」

就在這一刻，廣一推開身邊的男生，衝向教室的門。

這是他第一次對人動粗。

廣一衝到走廊上，不顧一切地往前狂奔。

一定逃得掉，上次也成功甩掉他們了。廣一這麼對自己說，鼓舞雙腳不要腿軟。絕對不能被抓到。只要躲進廁所鎖上門，撐過幾秒時間，就是自己的勝利了。

手機躺在口袋中，開著的應用程式仍在持續錄音。

錄音程式並不是手機預設的程式之一，而是廣一另外下載的。只要從耳機插孔拔出耳機，程式就會無聲無息地啓動，開始錄音。

自己絕不能被抓住。

難得讓吉田說出口的恐嚇，還有什麼？強迫女生提供性方面之類的行爲——這樣算犯罪嗎——的證據，直到這些都被上傳到網路上爲止，自己都不能被抓到。

還有另一個錄音檔被完全洗掉爲止，廣一在內心補上一句。

離男生廁所只差十幾公尺。身後追捕的腳步聲逐漸逼近，沒過多久就會追上廣一。如此一來，自己會在抵達廁所前就被抓住。廣一在廁所前右轉，面前是樓梯。

一階階下樓梯就會被追上。

廣一朝樓梯平台用力一跳。

咕，廣一的喉嚨深處傳出聲音。

有那麼一瞬間，也許是幾秒之間，廣一分不清痛的是喉嚨，還是背部，抑或是腰。他只覺得疼痛在全身遊走。嘴裡的血腥味，讓廣一明白自己剛才在衝擊下咬到舌頭。

「我說你啊。」

吉田的聲音從高處傳來。眼前的運動鞋是吉田的。自己剛才正準備往樓梯平台奮力一跳的時候，被直接撲倒在地板上。現在在身後，反剪自己雙手的人大概是山本。廣一嗆咳著，試著掙脫勒住腋下和喉嚨的手臂。喉嚨遭到壓迫，讓腦部愈發鼓脹。

「你們在做什麼！」

女教師的聲音傳來。

「哦，我只是在玩而已。」

吉田回答。

「不要玩這種危險的遊戲！」

「對不起，我們這就回去——」

廣一的肩膀被從兩側牢牢架起，硬是被拖著站起身。他耳邊傳來吉田陪笑應付教師的聲音，同時被拖回教室。他咳個不停，無法停下來說半個字。看到廣一的腳尖幾乎挨不到地板，身後的教師難道就不覺得奇怪嗎？

午休即將結束，班上所有人幾乎都回到教室。

廣一被兩名高個子男生夾在中間，像破爛的衣物一樣出現在教室門口時，坐在座位上的班長驚愕得睜大雙眼。吉田把廣一推向黑板。原本站在講桌旁的兩名女生，彷彿看到蟑螂振翅飛起，頓時揚起尖叫閃躲。廣一步履蹣跚地撞上黑板。吉田手中把玩著他從廣一褲子後口袋搶來的手機。廣一試著搶回來，卻被吉田閃過，伸長的手只抓了一把空氣。手機的喇叭孔響起一陣窸窸窣窣的摩擦聲之後，開始播出先前的對話。

「眞不愧是陰險角色的技倆。」

吉田聽著自己被錄下來的聲音，一邊發表評論。

「你是打算用這個威脅我嗎？」

「不是。」

廣一只是想舉著錄音檔作爲威嚇。只要吉田等人不再騷擾他，他就別無所求。

「如果我是大學推甄組之類的，或許會很有效吧。啊——不過這個內容有點危險，總之刪掉刪掉。」

吉田說完，動了動手指。

「還有其他檔案。你這傢伙都在偷偷摸摸錄音，有夠噁心。」

「我會刪掉的！」

廣一喊著，抓住吉田。下一瞬間，他的腹部傳來衝擊。隨著一陣巨響，他撞翻別人的座位。只見眼前就是吉田運動鞋的紅色鞋底。

「從下次開始，每次都要做身體檢查。」

吉田用緩慢的動作踩在廣一臉上，比起讓廣一吃痛，更像是把鞋底的髒污蹭到廣一臉上。結果還是有下次啊，廣一思考著。既然被偷錄了，這邊也要回敬一下——吉田的聲音響起，隨之響起的是攝影的快門聲。「錄」和「攝」（註）這兩個國字，在廣一的腦中飛

註：日文中，「錄」和「攝」讀音同是「とる」，但隨漢字表記不同而有不同意思。前者意指錄音錄影，後者意指拍照攝影。

舞，還恰好是和吉田鞋底一樣的紅色。

忽然，吉田用不同的嗓音說話。

「什麼事？」

吉田發出討好的聲調，更準確來說，是吉田用來和女生說話的聲音。廣一用手擦去臉上的髒污，睜開眼睛。

班長正抓著吉田的上臂。

「這樣太過分了。」

班長堅定說道。吉田笑著回應。

「可是是這傢伙不好嘛，誰叫他要偷偷錄音。」

「是你逼得他這麼做吧。」

「我說啊，島崎同學，妳剛才也聽到錄音了吧？例如，當我說『輪擺式移位！』的時候，這傢伙只要知道《第一神拳》，配合我們的哏，事情就可以快樂落幕了。只要是個男人，大家都該看過《第一神拳》這部漫畫。我們其實是在教他這種大家都知道的哏。這樣下一次，這傢伙也會明白『哦，只是裝裝樣子』。我們至今爲止做的，全都是這樣的事情。是這傢伙擅自抱著被害者意識，打算背地裡暗算人，我們才像這樣，教導他這麼做是不對的。」

「田井中同學的確應該再學習一下怎麼和人相處。」班長說道。「如何與人相處，不和周圍的人互動，就不會明白；比起田井中同學不打算和任何人打交道的態度相比，我覺得更値得鼓勵。不過像這樣蹂躪別人尊嚴的做法是錯的。這不會讓人改善，只會讓人個性變得更加扭曲。沒人認爲你是眞的存著好心做這些事。除了個性差以外，我勸你也好好想一下自己的得失。你這樣只是在貶低你自己。」

廣一滿腦子都是希望班長住手，根本沒時間吃驚，或是思考她講的話。他深深希望她不要在這個時候變回「班長」。因爲一旦吉田知道班長和自己有往來，吉田就一定會透過她來折磨廣一。吉田就是會看穿每個人最討厭的事情。

吉田盯著班長的眼睛漸漸瞇了起來。當他把眼睛瞇成一條線，鼓起來的下眼瞼就像一彎新月。

「妳話還眞不少。平常明明都在在意喀鏘作響的牙齒，講的話都含在嘴裡。」

班長的臉頓時紅了起來。

目睹這一幕，廣一的體內瞬間迸發出火花。

就像是強行切換礦車軌道，濺起的金屬火花。各種情感在胸口一帶，而不是大腦，以前所未有的方式相連。

「她在矯正！」

廣一突然響起的洪亮嗓門，讓僵住的班長渾身一震。

「島崎同學正在努力矯正。你給我道歉！」

廣一就這樣坐在地上大喊。吉田用奇異的眼神盯著他。

「你幹麼突然發作？」

「給我道歉，她現在是在矯正期間，沒什麼好笑的，不准笑她。」

宛如突然沸騰之後的反動，廣一的聲音斷斷續續，逐漸變小。不只吉田，幾乎所有人都因爲廣一突如其來又文不對題的怒氣，感到退避三舍。

吉田的視線在廣一和班長之間來回切換。

「啊——原來如此。」

吉田的臉上帶著誤會了什麼的笑意。

「不是的。」

血液從臉上消退，廣一深刻感受到自己的失敗。要是讓吉田產生奇怪的誤解，就會對她造成麻煩。

「應該說，不是那樣……我想的是……」

廣一爲了含混帶過，努力擠出句子。

「怎麼樣啦？說清楚，呆瓜。」

「馬上就要上課了……」

「啊？」

除此之外，廣一想不出還要再講什麼。吉田用鼻子哼笑一聲，興味盎然地注視班長。

班長雖然一臉堅毅，嘴角卻繃得緊緊。

「哎算了，反正現在我也知道了，原來硬邦邦兩人組感情不錯。」

吉田說著，扭了扭脖子。

起初大家似乎都還搞不清楚，目前還處於緊張局勢，還是已經安全。不久，他們也許感到問題緩解，便三三兩兩地入座。

吉田盯著廣一看了一會，把視線移向自己的手上。他的手指按上畫面，大概是打算刪掉剩下的錄音檔。

廣一吞了一口口水，注視著手指的動作。

「啊，刪掉之前，不先聽聽看嗎？」

山本從吉田身旁探頭望向畫面，漫不經心地丟下這一句。廣一瞪大雙眼。

「的確。」

「我覺得我的聲音錄音後聽起來有點嗯，所以我想再聽一次確定。」

「是出於這種理由喔。」

吉田動了動手指。

廣一往前伸出右手。

「等……」

錄音檔的聲音在教室中響起。

這次沒有摩擦聲，而是從彷彿吐菸的聲音開始。

——我第一次喜歡上別人，是在小學四年級的時候。

「這是什麼？這不是我們的聲音。」

山本開口。吉田剛開始也一臉狐疑，但當山本想再說什麼時，他噓了一聲制止山本。

——對方是同班的一個女生。時間上算是有點早的初戀，我也覺得自己太過早熟。不過當時還是挺純情的，光是能一起回家就會開心得不得了。開始覺得怪怪的，是在那之後的事情。

——當我逐漸長大，升上國中後，會覺得可愛的對象，依舊是年幼的小女孩。

——我要打個會遭報應的比喻。你知道弍年遷宮嗎？

——不管我多喜歡對方，一旦過了一定年齡，她們在我眼中，就會變得和男生沒兩樣。然後當我回神的時候，我喜歡上的對象，又會是另一個像潔白木材一樣的小女孩。

——糟到不行，對吧？

——我當時可是苦惱得不得了。

聲音從開始到結束的期間，廣一都踮著腳尖，朝頭上伸長手。距離指尖數公分之遙的，是被吉田拿得高高的手機。吉田另一隻空著的手，食指抵著嘴唇。

聲音宛如被切斷一般，突然結束了。

全班沒人說話，只是盯著吉田的手。

這幅景象不可思議地，帶著一股莊嚴感。

吉田的手指緩緩離開嘴唇，他開口說道。

「這是二木，對吧？」

15

廣一走向今天最後一節課的美術教室。吉田在身邊，抓著他的手臂，以免得他跑掉。就像被帶往死刑台的罪人。班上同學的隊伍就是行進的軍隊。大家的腳步聲彷彿帶著要血祭敵人的氣勢，感覺鞋子敲在地面的聲音比平時都來得響亮。或者這就是吉田說的擅自認定？大家實際上到底在想什麼呢？

抵達美術教室，廣一被安排坐在靠窗的最後一排，吉田就坐在他旁邊。

稿子寄出的那天，廣一無法通過神社的鳥居。在據說神明所在的地方前，他的腳畏縮不前。他一直在錄二木說的話，用的是和對付吉田一樣的方法。他想要能代替不存在的證據照片的東西，才開始這麼做。

廣一不記得自己是在什麼時候想到，要拿錄音檔來當即使沒得獎，也能維護面子的方法。至少是在想到要錄下霸凌證據的前天晚上之前。

用其他醜聞，來遮掩對自己不利的消息。

換句話說，就是用發現二木性癖的轟動消息，在班上引起騷動。在恐怖分子闖進學校之後，沒人會在意得獎結果這種小家子氣的話題。

因此廣一才會小心翼翼地保留了錄下二木祕密的檔案——還只用了沒錄進自己聲音的部分。說到他是不是眞的打算拿來用，實際上，廣一應該完全沒這個意思。二木是一位懷抱「不正常」的求生者。二木必須要持續成爲那樣的存在。二木的祕密暴露在日光之下，意味著「僞裝」總有一天會被揭開。二木必須繼續以廣一所想的樣子，繼續演戲演下去。廣一沒打算公開檔案。然而，在愈加被逼進必須打出全壘打的局面下，他也的確緊緊握著錄音檔，當作精神上的護身符。錄音檔就是在事態緊急時，可以解決一切的炸彈。

寫下第一部小說的時候，廣一的原動力是對綠色小說中的「約翰」的憐憫之情。廣一確實具備著能像那樣，憐憫他人、同理他人心情的同情心。然而，廣一明明能對虛構故事的登場人物如此溫柔，爲什麼對現實中的人，卻驚人地無情呢？

二木說，你還少了點什麼。

廣一認爲，那絕不是如二木所說的要喜歡上自己。自己欠缺別的，這點毋庸置疑。

對於那一天的自己，神社的鳥居就是一道防盜閘門，會對藏在腹中的不可告人之事響起警鈴。廣一雖然不是信仰虔誠的人，但他想，以後再也不會去神社了。

門另一邊，隱約傳來毫不知情地走向美術教室的腳步聲，讓廣一緊閉上雙眼。

不過那顯然是幻聽。

黑板左邊的美術準備教室的門打開了。

與此同時，上課鐘聲響起，二木從門後冒出來。

「眞了不起，大家今天都很優秀。」

注意到眾人都已經就座，二木說道。

「大家就保持這種認眞的態度，讓堀老師輕鬆一點吧。那麼，我們要延續上週的靜物素描。請盡量選擇和上次不同的主題。」

二木將一盆方形的盆栽放到講桌上。

「準備教室裡面還有很多其他東西，就自己選吧。用私人物品也可以。」

沒有半個人動作。

廣一低著頭，沒辦法注視二木的臉。

打破寧靜的是一個女生。

「那個……」

她的聲音有些怯縮，廣一腦海中浮現出剛才鼓動自己的成員中那張圓臉。

「什麼事？」

「不，沒什麼。」

她被二木一問，就如同逃進巢穴的小動物，迅速縮了回去。

身旁的吉田動作了。廣一斜著眼觀察他。只見他就像是要打招呼，輕輕舉起了手。

「請講。」

得到二木的許可後，吉田開口了。

「老師是蘿莉控嗎？」

廣一盯著自己握在膝蓋上的拳頭，注視著拇指的指甲。

頭部前方有刺痛感。廣一不禁覺得二木的視線正注視著該處。二木現在是什麼表情？是裝作什麼都不清楚的疑惑表情，還是用茫然的表情裝傻？還是說，他此刻正露出絕對不可以展現在學生面前的面無表情呢？

吉田繼續說。

「沒有啦，四月不是有一位新來的年輕女老師嗎？她身材嬌小，長得很娃娃臉。之前朝會上，二木老師不是跟她聊得很開心嗎？她是我們的新偶像，所以我才想說，能不能請老師別出手？我們來訂個君子協定吧。」

廣一在心中丟下這一句。

眞惹人厭。

廣一認識一個和這傢伙很像的人。

廣一不知道吉田所說的，不曾向狗丟飛盤的人不會理解的感覺是什麼，不過如果那只是用來當作譬喻的工具，那麼廣一很清楚，吉田現在正在享受二木搖著尾巴，撲向自己丟出的飛盤。

但二木沒有回答。

廣一鬆了一口氣。至少二木沒有悲慘地撲上去，讓吉田得到樂趣。

面對不發一語的二木，吉田只是說了一聲「這樣啊」，伸向放在桌上的廣一手機。手機的螢幕鎖定密碼早已遭到破解，廣一第一次看到光憑畫面留下的指紋痕跡，就能輕鬆明白解鎖圖形的人。

「聽得到嗎？」

開始播放的聲音移動到更高的位置。吉田大概正舉著手機。

——我喜歡的女生，年齡層都不會變。

二木的獨白再次迴響。

——雖然嘴巴上說情啊愛的，不過隨著年歲成長，自然也會牽扯上性慾。

——到了這個地步，我就算再不情願也得承認。

——是我自己有缺陷。

吉田停止播放。

「所以說，老師是蘿莉控嗎？」

廣一頭部的刺痛感愈來愈強烈。感覺二木的憎惡正變成了強烈的電波，送往那個部位。二木生氣了，這也是理所當然。他一定很想殺人吧。毫無必要地提供親切的小說建議，結果卻以這種形式遭到背叛。快點說些什麼吧，廣一默念。無言會被當成肯定。他抬起視線。

二木望著吉田。他的表情和站姿都和往常一樣，既不生氣，臉上也不是面無表情。只是用和平常一樣無害的氣氛站在那裡。他完全沒看向吉田身旁的廣一。

二木張嘴回答。

「沒錯。」

少許的寂靜後，女生群的其中一人發出「ㄜ」的一聲。

她很明顯打算說「噁心」，但無法付諸詞句的意思。

以這短促的一聲作爲開端，尖叫和怒吼從四面八方響起。

「有夠差勁！」

「還擺一副坦蕩蕩的樣子！」

「眞恐怖，有夠噁。」

「你都在騙大家嗎？」

「所以你才在學校工作喔？」

「啊，不是因爲在學校工作，才變成這樣吧？」

「錄音不是有說，他從小就這樣？」

「無法接受……」

炸鍋了。

眼前場景正是像嘈雜的油鍋。

指責聲紛湧而出，但反應程度各不相同。坐在廣一前面的女生，以及她旁邊座位的女生，簡直像在討論電視劇的發展。

「我早就覺得他很可疑了。」

「少騙人了。」

她們口氣輕佻地說著，輕輕互撞了一下肩膀。

二木拆開棕色的包裝紙，拿出一疊圖畫紙。發講義一般，將圖畫紙分發下去。每當他放下一疊圖畫紙，那個座位上的學生就往後一縮。

「不是，老師，就算你像那樣，當什麼事都沒發生過一樣上課，那也是不可能的。」

吉田出聲吐槽。

二木把圖畫紙發給最後一排後，開口說道。

「現在是上課時間。」

「不不不……」

吉田笑著說。

「等一下，老師，正常思考一下？你又不是這傢伙。」

突然被吉田指著，廣一動搖了起來，再次低下頭。

二木回答。

「正常來想的話，要正確使用時間，要不就是我請其他老師來代課，或是你們停止窺探他人隱私，專心上課。」

「不可能就這樣繼續上課啦。就算要找人代課，老師也得給我們點交代。」

「這屬於個人隱私。」

「這和一般公司職員不一樣喔？教師可是神聖的職業，就算屬於個人隱私，不行的事情就是不行。是說把小孩當對象，這根本就犯罪吧。」

「只要不犯罪，就不是罪犯。我不想爭論這個。」

「爲什麼？我覺得老師好像有話想說啊。」

「我們無法達成共識。」

二木把講桌上的圖畫紙外包裝揉成紙團。

「就算是正論，也還是會有心理上的抗拒。」

他說完後，把揉成一團的包裝紙丟進字紙簍。

「正論？」

吉田說。

「老師是想說，正論是站在自己這邊的嗎？」

二木佇立在字紙簍前，喃喃低語。

「二號。」

「啊？」

沒什麼。二木回答，回到講桌前，收拾起自己的東西。

「接下來我會交給其他老師。在那之前，你們就自習吧。」

四周揚起噓聲，二木毫無反應地低下頭，想拿出講桌內的東西。吉田趁機藉著一片混亂，走向教室前方。當二木抬起頭時，吉田已經鎖上了門。二木一臉厭煩地轉身，走向美術準備教室的門。像是說好一樣地，山本鎖上準備教室。吉田背對著門說道。

「我要求老師謝罪。」

是要向什麼謝罪？廣一覺得莫名其妙，但二木似乎不想再進行無意義的攻防。

「大家，眞對不起。」

比剛才更大聲的噓聲響起，大概是因爲二木講得太沒感情。突然之間，廣一聽到兩次響亮的抽噎聲。一名女生趴在桌上，隔壁的女生正在安慰她。只見體型圓潤的背影正在上下抽泣，那名圓臉的女生正在哭。

「我眞的很喜歡二木老師的說。」

她帶著哭音這麼說，拍著她的背的女生點了點頭。

一名男生出聲道。

「你一定看著學生想色情的事情吧，有夠差勁的。」

二木一動也不動地，站在兩個封鎖的出口之間。

哭聲彷彿譴責似地變得更加響亮，加上大家化爲言語丟出來的石頭，整間教室一片嘈雜。吉田環抱雙臂，眺望著這一幕。把守著準備教室門口的山本，盤腿坐在地上，正往手機輸入什麼東西。說不定是在推特上實況轉播眼前的情況。

如此一來，新人獎的結果，以及今天自己和吉田之間發生的事情，都會變得一片模糊。最好是吉田因爲這場大騷動，對自己失去興趣，霸凌說不定會跟著停止。自己和班長的熱戀嫌疑，想來也會從吉田的腦中消失。

廣一在嘴巴裡面，嘗到照理早已止住的血腥味。

二木嘆了口氣。

「完全喪失秩序了。」

「當然囉，畢竟大家相信的老師，竟然用學生打手槍嘛。」

這句話讓從剛才哭到現在的圓臉女生，發出「嗚啊啊啊」的悲鳴。

「姑且不論我的對象是到幾歲爲止——」二木打斷了他的話。「普通的男性看到女性也可能會想這些事。」

「你的噁心度根本差遠了。和對小孩興奮喘氣的傢伙相比，在公司亂摸女職員屁股的大叔還健全多了。」

「你的這種想法才讓我害怕呢。」二木冷淡地回應。「我從來沒有碰過小孩。我認爲最重要的就是能否自制。畢竟有些人天生正常，卻不知爲何，無法控制自己。」

這番話讓吉田把手放在下巴上。吉田在不笑的時候這麼做，顯得好像頭腦很好。

「我可以打比喻嗎？」

「嗯。」

「假設我們這些學生是羊群，那麼老師就是大野狼了。就算老師主張自己是好的大野狼，讓大野狼待在羊欄裡，果然還是有問題吧。」

「即使是披著羊皮，只吃用豆腐做成的漢堡排，也是一樣嗎？」

「畢竟總有一天，大野狼一定會想吃眞正的肉。」

「這隻大野狼可能只對羔羊有興趣。」

二木說道。

「要是被派去羔羊的羊舍當牧羊犬，我想不管這隻好的大野狼多有自信，大概也是會拒絕的。」

其他同學不知道是不是跟不上這段用比喻的交談，大家一臉茫然。身爲妙齡的女高中生竟然被說成比較老的羊肉，卻沒有女生因此生氣。

「哦——」

吉田眨了眨眼。

奇怪的是，吉田看起來似乎單純在享受這場辯論。

二木喃喃說道。

「眞的是二號……」

「到底是怎樣，從剛才就一直說二號、二號。」

「吶，已經夠了吧？這麼做也沒有意義。」

「我還有一件事，無論如何都很在意。」

吉田摸了幾次下巴，靠在門上。二木一臉陰鬱地說「是什麼」。

「在我聽來，我覺得老師只是滿口漂亮話。」

他將食指比在臉頰上。

「人類眞的是自制力那麼強的生物嗎？人的慾望可是很強大的喔？」

吉田眼睛熠熠發亮，嘴角漾起微笑，臉的上下簡直就像不同人一樣。讓廣一對吉田的看法，第一次不是「討厭」，而是像見到怪物一樣，感到畏懼。

「說起來，有什麼證據能證明老師眞的能克制自己？就算現在能做到，也不保證未來做得到吧？」

二木陷入沉默。吉田目光炯炯地盯著二木一會，見對方毫無反駁之意，他的眼神突然變成像是看到無聊至極的東西。吉田蹙起眉頭，表情看起來又失望又煩躁。

「你看吧。就連你自己，其實也很懷疑吧。要是被抓的話就不妙了，所以你當然不會正大光明地做。但在沒人看到的地方，你還是可能會出手吧？前陣子，不是有人在車站前的大樓，把小孩從樓梯上推下去嗎？那個難道不是老師幹的嗎？因爲小孩子的態度不合心意，就推下去之類的。」

吉田臉上的笑容已經消失，只是一字一句地傾倒出話語。

「有慾望的人，一定會幹出什麼事來。」

把吉田的詛咒聽到最後，二木說道。

「每個人都需要一個地方，讓人做出不能被任何人看到的事情。」

廣一懷疑自己的耳朵。這句話雖然沒錯，但考慮到前後文，二木到底在想什麼。

「然而，事實是沒有一個地方，是不會被任何人看到的。」

「這取決於當事人幹得多高明吧。」

「是嗎？不論何時何地，都在盯著人看的傢伙還是大有人在吧。」

二木轉向學生的方向。廣一情不自禁地僵住身體。二木所說的，想必就是知道祕密，並出言威脅和糾纏他的人。

二木舉起一隻手，示意全班同學注意。

「不好意思，接下來的話，我不想用自己當主語。大家請當成某個蘿莉控A的故事。」

二木確認眾人都注視著自己後，垂下頭，又抬起了臉。

「某一個蘿莉控A——」

二木將手指彎成鉤狀，壓在嘴唇下。

「他已經決定，他在一生中，不會建立家庭，不會擁有超乎朋友交情的人際關係。不管誰怎麼說，他都下定了決心。生小孩更是想都沒想過。有說法是，只會對小孩產生性慾，這和先天性的東西有關。不過這部分人只占了很小的比例。」

二木用手指敲了敲耳朵上方的側頭部，然後做出像拈米粒的手勢。

「戀童癖大概是道德上最要不得的性癖之一。有這樣性癖的人，就無法與其他人共享人生。隱瞞的話，只會造成彼此的壓力、引起問題，所以也不成爲選項。這說的是蘿莉控A就是了。」

二木放下手，隨後又把手指抵在嘴唇下方，動作顯得有些緊繃，或許是想要抽根菸。

「這麼一來，他就注定一輩子一個人。也許沒有要背負的東西，有些人就會爲所欲爲。不過正因爲一輩子只能一個人，蘿莉控A非常害怕，擔心自己哪一天會討厭起自己。要是被自己討厭，他這一輩子就完了。因爲對他而言，他只剩下自己而已。自己會一輩子盯著自己，到死都不會離開。」

廣一意識到先前那番話，並不是在針對他。廣一垂下頭，自己簡直太過自以爲是，竟然認爲對於此時的二木，自己會是別具分量的存在。

二木望向吉田。

「喜歡自己，不能當作對將來的保證嗎？」

吉田一陣冷笑。

「最好能信啦，聽起來不就只是個自戀狂嗎？」

「自戀狂才更可信吧，畢竟他們會避免做出自我厭惡的行爲。」

「全憑心境決定而已，也有人本來就良知扭曲。」

「我基本上，是認爲人性本善。」

二木說著，便環顧整個教室，放聲說道。

「大家如此厭惡蘿莉控，不正證明了這一點嗎？」

這句也能當成諷刺的話，在教室內迴盪時，廣一注意到氣氛已經產生一些變化。

他聽到前面的女生小聲說道。

「仔細一想，如果不給任何人添麻煩，好像也沒關係？」

「笨蛋，吉田說那只是漂亮話。」

坐在旁邊座位的女孩也壓低聲音呵叱。

教室中泛起一片嗡嗡聲。廣一不清楚意見究竟傾向哪一派，但在他的眼中，眼前的混亂情景，就像車流量大的交通路口號誌故障，大家都在避免亂動。

突然之間，廣一聽到「咚」地敲桌子的聲音。

在廣一的右邊，那位有著柔亮長髮的女生，就坐在吉田剛剛坐的座位旁，此時正把腿擱到桌上。她的裙子撩得老高，讓人擔心從正面看的話，說不定會露出內褲。她強大的氣場，自然是來自讓周圍的人都不敢吭一聲的態度，不過更關鍵的原因，是由於她艷麗四射的長相。沒記錯的話，吉田是叫她「小百合」。

幾乎每個人都小心翼翼地看著她。其中也有女生似乎在賭氣，硬是冷著一張臉不肯看她。不過此刻全班的注意力確實都聚集在她身上。

廣一注視著她的側臉，半帶著哀求的心情，希望她說些什麼來打破眼前的局面。只見她在集所有人目光於一身之後——打了一個大大的哈欠。

她的舉動僅僅如此，讓廣一不禁有點錯愕。不過她很明顯是透過這項舉動，用全身來表達「無聊」的意思。她又不給吉田面子的行爲，讓廣一覺得不可思議。雖然廣一不太清楚她和吉田之間的關係，但從周圍的反應來看，他們似乎不停在小倆口吵架。廣一看向吉田。他以爲對女生一向笑咪咪的吉田，也會像上次一樣，採取安撫的態度。

不過，吉田這一次似乎沒有討好她的打算。

他用宛如閃耀寶石的視線瞪著她，深處漫射出怒火。吉田揚起今天最嘹亮的嗓音。

「我眞是有夠擔心你們！」

他的眉毛往下垂。表情豐富的吉田一露出這樣的表情，讓他看起來似乎眞誠關切。

「你們這麼容易上當，很容易遇到詐欺和宗教詐騙喔。你們要更堅定自己的意志。第一次知道二木是蘿莉控時，你們的想法是『噁』，對吧？那份心情是眞實的喔。我覺得世界上的事情，有一些應該要看感覺吧。嘿，西野，要是你妹妹的班導是這傢伙呢？」

被指名的男生一瞬間露出不知所措的神色，但在看看左右之後，他做出沉思的樣子，用乖順的口吻回答。

「果然還是無法原諒吧。」

「對吧？」

「就算什麼都不會做，我也不希望他接近我妹。」

「就是說嘛。佐山呢？如果自己將來當上媽媽，生了女兒，結果隔壁家搬來這樣的人？就算女兒已經長大上高中，應該也不想要吧。」

綁馬尾的女生回答。

「絕對不能接受。我會希望他離開這個地區。」

她的聲音十分堅定。吉田轉向同學們，開口說道。

「人就像這樣，是有感情的喔。我們不該用光憑道理來思考的傢伙意見，去踐踏別人的情感。因此我們表決吧。」

吉田的臉因爲扭曲的笑意而歪斜。玩「美金阿虎」的時候，廣一就有模糊的感覺，而現在確定了。窺見這傢伙的些許本性，讓他似乎明白社群網站爲什麼如此盛行。收到許多「讚」的時候，心情自然很好。吉田大概也是抱著相同心情，尋求可視化的支持。

「那……我想想，支持蘿莉控A的人請舉手。」

沒有人舉手。廣一看向班長。她面朝斜前方的吉田，側臉露出的表情，彷彿正在看某種髒東西，然而她的雙手牢牢放在膝蓋上。就連「小百合」，也撒手不管似地盯著手機。

「結果出爐了。」

望著宛如寧靜海面的教室，吉田如此宣布。他雖然裝成一副平靜的樣子，但從此刻突然變得僵硬的表情，看得出他正在努力壓下心中的快感。吉田其實很想計算反對票數，欣賞大片高舉的手吧。不過他或許考慮到，要是出現以「小百合」爲首的幾票空白票，就會降低現場的熱度。如果自己是吉田，大概也會這麼做，廣一想。

這一幕簡直像在重現二木以前在美術課上，用兩張圖讓大家表決的情景。吉田應該是刻意在同一個美術教室，讓二木自己遭受審判。

A和B。不論何時，人數比較多的那一方就會成爲「普通」。坐在前面的女生，依舊在碎碎念「就算是變態也沒關係吧」。旁邊的女生則在勸諫她。她剛才在整體氛圍影響下，並沒有舉手。

這就是正確的答案。即使有自己的意見，在大家面前，就是要配合大家。這一次，廣一終於加入了「普通」的行列。

一開始不知道是誰說出口的。

然而，不知不覺間，口號在教室中此起彼落地響起。

吉田走到二木身邊，向身體隱約往後一縮的二木伸出手。吉田就像要碰滾燙的東西一樣，顯得小心翼翼，但他最終還是確實地按上二木的肩膀。二木甩開他的手。

「要動粗嗎？」

吉田用安撫的語氣說道。

「老師，我們就先回應大家的要求吧，不然這個情況沒辦法收拾。畢竟老師確實欺騙了大家。」

吉田按住二木的肩膀，往下施壓。二木的雙膝著地。與其說是被吉田壓得跪在地上，不如說是二木已經停止抵抗了。

不知爲何，廣一此時莫名憤怒。

胸中湧起的，是遠比臉被踩的時候，更爲激烈洶湧的情緒。

假使自己可以像從小孩手中救出烏龜的浦島太郎，說出「住手」不知該有多好。但是廣一既沒有成爲浦島太郎的資格，也沒有那份力量。難道沒有嗎？就沒有什麼辦法嗎？不知不覺之間，廣一發現自己正在拚命絞盡腦汁，讓他忍不住嘲笑自己：明明有個萬一的時候，還打算親手造成這副局面。即使錄音檔不過是個護身符，廣一並沒打算使用，但只要手中有刀，人們總是會在緊急情況下使用它。

自己無法成爲浦島太郎。不只是浦島太郎，廣一也無法成爲任何故事的主角。他明白了自己只對虛構故事特別溫柔，是因爲他討厭現實的自己。廣一雖然一直認爲自己喜歡自己，但他察覺到，把自己當成世界的中心，並不等同於喜歡自己。

——你還少了點什麼。

——你要喜歡上自己。

二木這麼說道。他爲什麼要那麼說？他說過無法喜歡自己的話，人就無法繼續演戲。總有一天會壞掉。

廣一看向二木。二木跪在地上，額頭幾乎要被壓在地板上。他的臉上露出放棄的神色，看起來甚至已經看開了。人們想必就是以這種方式，勉強自己肯定已然發生的事情。二木應該絕對不願意被拖出來。母親一直說，要保持自我過活。班長父親也說，要像個孩子。而二木說，可以把自己藏在衣櫃活下去。聽到那句話的當下，廣一第一次得救了。

回過神的時候，廣一舉起了手。

與內心的洶湧情緒相反，他的手肘微彎，顯得有些怯懦。

大家都在看著二木，沒人注意到他。

廣一提高了聲音。

「我說！」

吵鬧聲並沒有戛然停止。

不過跪在地上，彷彿要磕下頭的二木，視線左右逡巡著，緩緩抬起頭。大家轉頭，沿著他的視線看去。

包括吉田在內的全班目光，都集中在廣一伸得筆直的手上。他的手微微一抖。停頓一下。廣一感覺得到，他已經充分引起大家的注意。他並不是刻意模仿「小百合」的做法，他只是單純大腦還沒處理完資訊。

自己到底在做什麼？

是想要試著喜歡自己嗎？

一想到這點，廣一瞬間感到可笑。要喜歡上自己的想法，實在太過厚臉皮。不過是收拾自己的爛攤子，這樣就能喜歡上自己，眞是想太美了。

只是——

他放棄思考下去，因爲他判斷，即使再想下去也搞不懂。

現在應該動腦思考的，是接近現實的方法。

「啊……」

當他終於有了主意時，廣一口中冒出聲音。

他用力皺起臉，一半演技，一半出自眞心。

這是當然的，一般人應該都會想哭。

廣一開口。

「我才是蘿莉控。」

廣一頭一次意識到教室通風管的聲音。

過了一會，接著響起的是，宛如從黏稠的液體——例如從沸騰的咖哩底部冒出氣泡的聲音。那是從大家口中，打從喉嚨深處紛然冒出來的「嗯？」

吉田一臉掃興，彷彿在說一點也不好笑。

廣一觀察著大家的反應，一邊繼續說。

「二木老師是在保護我。」

不是吧，那錄音檔怎麼說？其中一名男生這麼說。

吉田垂下視線，大概是判斷這點小事，還不需要自己發言。他伸手往二木背上一推，然而二木沒有要低頭的樣子。廣一避開二木的方向，持續說道。

「那個錄音……是我請二木老師念我寫的小說。」

「你這個說法有點牽強啊。」吉田笑了。

「這是眞的。我在投稿前，請老師幫我看稿……因爲老師說自白的部分太過生硬，不夠口語，我才請老師用口語一點的方式讀稿，錄音是爲了之後能夠直接打成字。」

廣一裝出萬分悔恨的樣子，讓嗓音微帶嘶啞。

「但是——」

他屛住呼吸，讓聲音顫抖。

「我很害怕。如果我得獎，小說被刊在雜誌上，所有人就會知道我是蘿莉控。我雖然把蘿莉控的主角寫成跟我完全不像的角色，但一定會有人認爲這就是作者本人……要是那樣的話，我就完蛋了。」

謊言竟然如此流暢地編織而出，就連廣一自己都感到驚訝。他覺得此刻的大腦正切換到寫小說的模式。

「如果那樣的話……我打算用那段錄音，讓二木老師代替我成爲蘿莉控。二木老師一定會否認，但爲了把主角寫成爽朗的角色，我本來就是以二木老師爲模特兒。所以我想大家應該會相信。」

「不要臨場編故事啦。」

吉田出聲吐槽，不過坐在準備教室門前的山本，卻發出呆呆的聲音。

「咦？不過這傢伙之前的確講過，他寫的小說主角是變態教師喔？」

吉田把手放在太陽穴上，嘆了口氣。山本對他的反應歪著頭。教室裡此起彼落地響起「這麼一說」的交談聲。廣一說道。

「所以就算變成這樣，我也不敢說什麼。沒想到二木老師完全不否認……」

廣一用力咬住嘴唇。疼痛隨著咬破嘴唇的感觸擴散開來。咬出血了。自己終究沒有想哭就哭的演技，只好用別的小把戲代替。

「對不起，老師，你還那麼親切給我建議。其實老師已經注意到，那個故事說的是我吧。真的很對不起。老師已經不用再保護我了。」

廣一將兩手的手背抵在眼睛上，並從縫隙偷窺周圍的反應。大多數人都面面相覷，悄然無語。很順利，交通號誌再次故障了。廣一把視線轉向在吉田腰部高度的二木臉龐。

他終於和二木對上視線。

不，視線這樣算對上了嗎？

二木的目光確實是停在廣一臉上。不過他的眼神，與其說是看著一個人，更像是在看某種現象。他看著謊言信手拈來，簡直和自己如出一轍的廣一，臉上的表情就像開門見到自稱是自己私生子的小孩。二木一臉呆愣，雙膝跪在地上，嘴巴張開。這還是廣一第一次看到二木這樣的表情，能見到他流露出如此神色，實在有點有趣。

這番感想當然是在逞強。精神高昂的同時，也懷抱著脊椎化爲鋼纜，自己就像一台逐漸下降電梯的感覺。這麼一來，學校生活就會變得比之前更加惡化，或者說，結束了。

「你們是白痴嗎？」吉田說。

「保護別人的人，哪能像那樣，說得像是自己的事？而且和學生不同，二木要是被抓到是蘿莉控，飯碗就會不保喔。做到這種程度也要保護學生，太不自然了！」

廣一依舊用手背抵著眼睛，扯開嗓子大喊。

「沒錯！二木老師就是個傻瓜！」

廣一從以前就被人說，說他講話缺乏抑揚變化，說起話就像按下開關的機器人，語調十分平板。現在這個時候，這一點反而派上用場：就算廣一演技拙劣，但他橫豎平常就陰陽怪氣，想來此刻也不會有任何人覺得奇怪。

從剛才開始，坐在前面座位的女生兩人組就頻頻回頭，看向廣一。不只她們兩人，現在全班都開始輪流觀察廣一和二木兩人。

「到底怎麼回事？田井中真的是蘿莉控嗎？」

「不，是二木吧。普通來想的話。」

「這些傢伙是同性戀吧？還搞互相保護對方這一套。」

「同性戀兼蘿莉控？」

班上出現各式各樣的意見。如果要用同性戀來解釋，同性戀和蘿莉控，在這個鄉下地方，哪一邊遭受的待遇會比較好呢。廣一用宛如在選擇油鍋還是針山的心情思考。這個時候，教室右邊揚起一道聲音。

「那個，大家聽一下。」

一個留著運動風短髮的女生告訴大家。

「小野有話要說。」

她身邊是一名戴著銀框眼鏡的女生，正一派拘謹地坐在座位上。沒記錯的話，她是廣一之前曾經在這間美術教室遇到的，美術同好會成員的其中一人。她看起來個性文靜，在這片混亂之中，試著擠出勇氣發言。

「啊……」

戴銀框眼鏡的女生只低聲吐出一個字，就膽怯地垂下頭。眼鏡後方微凸的眼睛，正慌亂地不停游移。廣一聽得到短髮的女生對她說加油。

「我覺得田井中說他是蘿莉控，是眞的。」

她吞吞吐吐地說。

「這件事其實不能說出來，但是……我哥哥說在他工作的書店裡，我們班一個男生偷了以蘿莉控爲客群的漫畫雜誌。」

廣一出其不意地被這句話擊中。他盯著她的臉，隨後把記憶中的臉龐，與她有著微凸雙眼的臉龐重疊在一起。她與在書店逮到自己的黑框眼鏡店員十分神似。

懷著一點感傷的心情，廣一回答。

「對，那是我。」

教室中，頓時變成一片撇上淡藍色水彩顏料的氣氛。

沒有人對蘿莉控的廣一大罵噁心。日常生活中出現變態這件事，經過二木之後，大家都有了抗性，事到如今，不會再感到震驚。幾乎所有人都用冷漠的表情注視著廣一，然後不知爲何又望向二木。

只有吉田盯著廣一。

「老師——」

一直在哭的圓臉女生，帶著鼻音詢問二木。

「眞的嗎？老師剛才是在保護田井中嗎？」

她的口氣就像在抓緊最後一絲希望，彷彿理想的二木即將回歸。

二木維持著和之前一模一樣的姿勢，看向廣一，似乎沒聽到女生的話。

半晌，二木赫然回神。意識的有無，原來能讓人的表情產生這麼大的變化。廣一想。

他彷彿能從二木的腦袋，聽到電腦正努力開機的聲音。如果二木要配合自己的謊言，此刻他的大腦想必正在高速運轉，檢查廣一的說法中有沒有漏洞。

而後，二木這次眞的注視著廣一。

他的眼珠左右微微移動，二木此刻正在猶豫。你乖乖配合就是，廣一煩躁地想著，瞇起雙眼。二木的目光徬徨了一會，最後終於緩緩閉眼。

雙眼再次睜開時，二木臉上露出無比感動的表情，張口說道。

「田井中……！」

儘管是自己要二木這麼做，實際上，廣一還是忍不住覺得二木是個混蛋。

二木像在演校園連續劇，眼睛泛著一層水光。他光憑演技，就能做到這個地步，讓廣一更覺得自己根本就是蹩腳演員。廣一蹙起眉頭，不著痕跡地悶聲清了清喉嚨，張開嘴巴。

「老師……！」

「田井中……！你也太傻了……明明只要不作聲就好了……」

「沒關係，就這樣吧。都是我不好……」

兩人不斷重複著「老師」和「田井中」，直到教室內的氣氛醞釀成不錯的感覺。

周圍騷動起來，廣一確實感受這齣戲有所成效。奇妙的是，他們兩人的互動並沒有半分謊言。

圓臉女生再次發出響亮的嗚咽聲，只是淚水的種類明顯和之前有所不同。如果二木在這個情境下，說出「讓我們朝著夕陽奔跑吧」，她說不定眞的會大步奔跑。

廣一維持皺成一團的臉，偷瞥吉田的表情。

吉田靠在門上，斜斜地盯著廣一。吉田的嘴巴動了動，似乎在說什麼，但由於周圍的喧鬧聲愈來愈大，廣一聽不到。然而，他的嘴形看起來像在說「爛戲一齣」。吉田對廣一說了好幾遍。爛戲一齣，廣一自己也這麼認爲。吉田似乎看穿廣一在說謊，但從他停止煽動就可以看出，他自己也開始無法判斷了。就算他看穿眞相，但有書店行竊的順手牽羊這項證詞，大家也可能傾向有前後證據的說法。

太好了，廣一吐出一口氣。如果這個謊言在吉田心中變成眞的，自己喜歡班長的嫌疑也會跟著消失。畢竟對於喜歡羔羊的狼來說，她的肉太老了。

咻地一聲，有什麼東西從臉旁飛過。廣一縮起身體，丟過來的橡皮擦彈到地上。

「你眞是有夠差勁。」

坐在中間座位的男生說，他的手腕還維持著剛才拋東西的姿勢。

「你不只是個變態，還是卑鄙小人。」

盤踞著教室中央的一群男生，開始接二連三地朝廣一丟各種東西。其中自動鉛筆的筆芯盒砸中了廣一眼角旁邊。

「住手。」

二木用尖銳的聲音制止。他從跪著的地板上起身。

「田井中哪裡是卑鄙小人？他只要默不作聲就可以得救了，但他沒有這麼做。」

二木一邊說著，一邊環視學生們。

「這是一個很好的機會。大家請把現在這個情況，當成自己的問題想想看。如果你有和大部分人不同的部分，但你還是得抱著這個問題活下去，你們會怎麼做？雖然有出櫃這個詞，但大家也有假裝成多數人的選項。不管是多麼不被社會接受的本性，對當事人而言，都是內心重要的一部分，沒必要加以扼殺，而且實際上也是不可能的。只是即使如此，也想要喜歡自己，所以才在良心允許的範圍下，滿足自己的慾望。先前我說到獨自一人的人生，這並不是僅限擁有特殊性癖的人。大家到死之前，都會和自己一起待著。田井中是爲了喜歡自己，所以才選擇了不出賣他人的路。你們的話，會怎麼做？像現在這樣，裝模作樣地因爲一個人一時的內心掙扎和性癖，去抨擊做出勇敢行爲的人，並在今後都和這樣差勁的自己共度一生，你們要選擇這樣的人生嗎？」

哦，眞是狀態絕佳，廣一心想。與至今爲止的二木相比，可以說是好老師度上升一・五倍的熱血台詞。就像彈簧床一樣，人沉得愈深，就會跳得愈高。此時的二木也因爲死裡逃生而跳得特別高。

廣一就像這樣，冷靜地旁觀一切，但不知爲何，也湧起一種想哭的衝動。

所有人都靜靜聆聽。

還有些學生垂下頭。

老實說，廣一很納悶，二木的話是否真的引起了大家的共鳴。擁有和普通人不同的部分，對於沒有這類煩惱的人來說，應該打從頭就難以產生共鳴。

不過，二木現在已經完全取回信任，而且他現在還是一位賭上自己的職業生涯，保守學生祕密的教師。加上這一點，他的話擁有相當大的力量。

「採取能讓你喜歡你自己的行動。」

二木斜眼盯著吉田。吉田雖然臉背向二木，但兩人似乎都意識著對方。

「如此一來，怪物也會安分下來。」

聽到這句話，吉田反抗地哼了一聲，從門口站了起來。

他晃著身體回到後排座位。他把自己放在桌上的手機收進後口袋，便走向後門。

當吉田從「小百合」身後經過時，廣一看到她的手在吉田經過時，隔著制服輕輕地撫摸吉田的背。吉田只靜止短短一瞬間，就一聲不吭地走出美術教室。「小百合」橫向拿著手機，又繼續回到遊戲或其他令她專心的事情上。

兩人之間帶有異樣成熟氣息的一連串互動，讓廣一放棄進一步理解兩人的關係。

吉田離開後，教室的氣氛已經由二木一個人掌控。

所有人都在關注二木的一舉一動。

二木一臉嚴肅地沉默半晌，但不久，他便長長吐了一口氣。

「啊——啊。」

他用截然不同的微弱聲音嘀咕。

「我今天原本想讓大家畫素描的。」

二木抬頭看向牆上的時鐘，喃喃說了一聲「哇」。

「都已經到這個時間了，素描就當大家的功課，下週交回來。每個人再多拿一張圖畫紙帶回去。」

二木說著，又將一疊圖畫紙分發到桌上。前排的學生連忙接過圖畫紙，連同先前的份一起整理，再笨拙地往後發配。

大家的情緒明顯都還沒恢復平靜。

廣一望著這些，然後矮著身子離開座位。

他能用全身感受到一道視線，從剛才就一直緊盯著自己。那道視線在他宣布自己是蘿莉控以來，便始終黏在他身上。

那是班長的目光。

別對上視線。

廣一刻意無視她的目光，從後門溜出美術教室。

廣一能從背後聽到，把圖畫紙傳到廣一座位的女生發出的一聲「咦」。

廣一走下樓梯。

他往校門口走去。

他不想和吉田狹路相逢，不過路上倒是完全不見身影。但即使遇見他，他覺得吉田也不會再做什麼了。

這樣的念頭也許叫一廂情願，不過就目前的心情，實在沒辦法再悲觀地考慮任何事。他把裝著課本和月票的書包、手機，以及所有物品都留在教室。但沒關係，今天打算走上長長一段路回家。

如果廣一留在美術教室，他擔心班長可能多嘴。畢竟她知道廣一小說的眞正情節。也許正是因爲最不希望誤解的對象知道眞實情況，廣一才能說出那樣的謊言。在校舍和校門途中，廣一把腳下的小石頭踢向排水溝。小石頭穿過縫隙，發出黏稠厚重的落水聲。他想起去年讓他聯想到沉落石頭的「B」圖。他暗自祈禱，這和「國王的耳朵是驢耳朵」的井並不相同，不會連通任何地方，好讓祕密得以保全，不讓任何人知道。剛才的謊言，大概是他至今以來的謊言中，最有自信的力作。

廣一笑了，又對自己笑了這件事發出笑聲。他此刻的心情十分舒暢，已經不再掛懷初選結果。剛才自己那麼出色地騙過大家，想來一定很有編故事的天賦。當然，如果得獎，廣一自然會感到高興。

忽地，廣一注意到一道熟悉的小小身影。

校門前方，公關貓正趴在地上睡覺。陽光照在暖和的棕色和黑色皮毛上，彷彿飄溢出新鮮出爐的麵包香氣。

身後傳來踩過石灰地面的聲音，與此同時，公關貓抬起頭，如往常一樣，發出少掉一個字母的叫聲。牠動起身體朝著廣一方向走來。廣一一路用目光追著從身旁經過的公關貓。

「一號。」

廣一頭也不抬，盯著聲音主人的鞋子。

「一號果然是我啊。」

「我也是喜歡自己的人，能理解你爲什麼袒護我。」

「這樣啊。」

兩人之間一陣沉默。二木似乎有點生氣，但怒氣指向的方向是在身體內側。廣一隱約察覺得到二木要說什麼。

「那個啊，我接下來會說出一切，辭掉學校工作。」

跟廣一預想的一樣。

「爲什麼？」

「我果然還是覺得，這不是大人所爲。」

接下來兩人應該會爭論上好一陣子，廣一想。他現在能清楚明白對方的想法。因爲他知道，對一個喜歡自己的人而言，有時也有想要優先於現實利弊的事情。

不行，別那麼堅持，不行。這樣的爭論一來一往不知持續多久，二木說道。

「我們又不是在咖啡店搶著付帳的大嬸。」

二木發出傻眼的聲音。

「應該說，要是你得獎了，小說刊登在雜誌上，你的謊話和小說就會出現矛盾，不管怎樣都會被拆穿的。既然如此，比起被抓包之後吐實，不如自己主動說出一切，還比較能積陰德。下輩子眞想當個有正常性癖的人啊。」

廣一盯著眼前那隻用頭蹭著鞋子的公關貓。

「你眞的覺得，那篇小說會有機會得獎嗎？」

「關於這一點，我都覺得當時慫恿你的行爲，可以算得上是我教師生涯中，最出色的一件工作。」

彷彿代替沉默不語的廣一，公關貓嗷地叫了一聲。

「所以說——」

「吶。」

廣一截斷二木的話。

「老師，你不認爲這隻貓有點奇怪嗎？」

「……什麼？」

對話突然被粗魯地改變方向，二木覺得有些可疑。

「我說牠有點奇怪，不是嗎？」

「確實是有點奇怪。牠親人的程度簡直就像狗。」

「那一點也是，但牠還有其他奇怪的地方。」

「現在那不重要吧。」

儘管二木試著拉回原本的話題，廣一卻默默摸著公關貓，顯示出自己除了這個話題以外，不會回應其他話題的強硬態度。最終二木只好屈服，張口回答。

「你是說牠特別黏我這件事？」

廣一笑了。

「雖然不對，但是沒錯，這一點最奇怪。」

明明老師就不喜歡貓啊，廣一說著，按住公關貓的背。公關貓毫不抵抗，順著力道一骨碌地躺到地上，緊緊抱住二木的運動鞋，把臉埋向品牌標誌的「N」。得到缺少的「N」，公關貓終於成為一隻普通的貓。

NIL 40／二木老師

原著書名／ニキ
原出版者／ポプラ社
作　　者／夏木志朋
翻　　譯／鍾雨璇
責任編輯／詹凱婷
編輯總監／劉麗眞
總 經 理／陳逸瑛
榮譽社長／詹宏志
發 行 人／涂玉雲
出 版 社／獨步文化
城邦文化事業股份有限公司
104台北市中山區民生東路二段141號5樓
電話：(02) 2500-7696　傳眞：(02) 2500-1967
發　　行／英屬蓋曼群島商家庭傳媒股份有限公司
城邦分公司
104 台北市中山區民生東路二段141號2樓
網址／www.cite.com.tw
讀者服務專線／(02) 2500-7718；2500-7719
服務時間／週一至週五：09：30～12：00　13：30～17：00
24小時傳眞服務／(02) 2500-1900；2500-1991
讀者服務信箱E-mail／service@readingclub.com.tw
劃撥帳號／19863813
戶名／書虫股份有限公司
香港發行所／城邦（香港）出版集團有限公司
香港灣仔駱克道193號東超商業中心1樓
電話／(852) 2508-6231　傳眞／(852) 2578-9337
E-mail／hkcite@biznetvigator.com
馬新發行所／城邦（馬新）出版集團
Cite (M) Sdn Bhd
41, Jalan Radin Anum, Bandar Baru Sri Petaling,
57000 Kuala Lumpur, Malaysia.
Tel: (603) 90578822
Fax:(603) 90576622
email:cite@cite.com.my
封面設計／高偉哲
封面插畫／山米
排　　版／游淑萍
印　　刷／中原造像股份有限公司
●2022（民111）5月初版
售價399元

ISBN 9786267073476

國家圖書館出版品預行編目資料

二木老師 / 夏木志朋著 ; 鍾雨璇譯 . –初版.
– 台北市：獨步文化，城邦文化出版：家庭傳媒城邦分公司發行，民111.05
面 ； 公分. --（NIL ; 40）
譯自：ニキ
ISBN 9786267073476（平裝）
861.57　　109005016